莎乐美汉堡店

［日］吉本芭娜娜 著　周阅 译

上海译文出版社

目　录

总会有办法

总会有什么办法吧
总会有什么办法吧
总会有什么办法吧
总会　有办法

总有一天会有办法吧
总有一天会有什么办法吧
总有一天会有办法吧
总有一天　会有办法

你无可奈何
你一生不会改变
你无可奈何
无可奈何

帮我想个办法

帮我想个什么办法

帮我想个办法

帮我　想办法

我穿上凉鞋

我置身饭堂前

我眺望着云朵

直到永远　直到永远

上帝会主持正义吧

总有一天会主持正义吧

世界一片光明

人们竞相奔走

许多人　许多人

天空没有飞鸟

大海没有鲭鱼

总会有什么办法吧

总要想办法

总要　想办法

总要　想办法

总要　想办法

总会有办法

总要　想办法

总要　想办法

总要　想办法

总会有办法

总会有办法

（《总会有办法》町田康①作词）

---

① 町田康（1962—　），日本朋克摇滚乐歌手、演员、作家与诗人。1981年组成朋克摇滚乐团“INU”担任主唱；1996年以小说处女作《楠木的大黑》（くっすん大黑）成为文坛新秀，获得“野间文艺新人奖”；2000年以《破碎》（きれぎれ）获得芥川奖；2001年《土间的四十八瀑布》获得第9届萩原朔太郎奖；《权现的舞女》获得第28届川端康成文学奖；2005年《告白》获得第41届谷崎润一郎奖。

在失眠的夜晚，我会看漫画《地狱的莎乐美小姐》，那漫画总是放在我枕边。

这套书有好几本都被翻得破烂不堪，现在看的已经是第三代了。

第一代是妈妈拥有的单行本。现在被珍重地摆放在佛龛上妈妈的遗像前。只有在特别疲惫的时候，我才会轻轻地取下书来，一边思念着妈妈，一边像充电一样静静地把它贴在脸颊上。因为这样一来妈妈的气息似乎就会弥漫开来，仿佛能感觉到妈妈双手的触摸。

四肢修长的莎乐美小姐，一边当模特一边在牛排店工作，很是引人注目。

妈妈过去曾经当过临时模特，跟爸爸恋爱后，嫁到了开牛排店的夫家，她总说从那套漫画中感受到了自己的命运。

妈妈总是把莎乐美的漫画放在手边，像护身符一样，百读不厌。旅行的时候也一定带着，放在床铺的枕头旁。

妈妈说，睡觉前翻翻，心情就会平静下来，又有了去店里工作的劲头。她偶尔会泪光浮现，悄悄地擦拭眼角。以前我曾想，难道是因为这明朗的漫画？但是近来我好像理解了妈妈的心情。

引起妈妈落泪的，应该是这个地方吧——“JUJU”牛排店的老板、莎乐美的朋友萍子，她仅有一天时间与前来探望的已故双亲相会。

或者是在莎乐美跟莴苣的灵魂聊天，希望它来世转生成一只猫这个情节？还有，莎乐美小姐找到了失散的妈妈，萍子想到她或许不会再回店里而哭泣这一段。

再有就是，只有当帅帅的比利君撒谎和敷衍了事时，才会惹莎乐美生气，这也很打动人。

跟妈妈一样，只要看到从小就一直陪伴着我的莎乐美，看到她在妈妈面前时而哭泣时而欢笑，有时发烧，有时肌肉酸痛，我的心情就能平复下来。莎乐美居住的虚构的城市，那紧紧连接着地狱与这个世间的世界，就如同只属于我和妈妈的摇篮曲。我心中的莎乐美空间也在不知不觉中构筑起来。因为我总是窥视妈妈手边的漫画，看到莎乐美可爱的笑容。

为什么已走得如此遥远？不知不觉中妈妈已经故去，我也到了这把年纪。难以置信。

妈妈去世之后，我泪眼婆娑，心神恍惚，直到现在，只要看到莎乐美，我轻飘飘的双脚就会稳稳地站到地面，心绪也舒缓下来。

谢谢你，莎乐美。

我一边这么想着，一边深深地潜入无意识的海洋。

那种时候，无所谓幸福与不幸，只是如水母般漂浮着。

在那里，莎乐美们和我以及在天国的妈妈，还有现在一起生活的现实世界中我所爱的人们，全都汇合在一起。

那是我的冥想世界。只要进入那里，力量就会静静地恢复。

绘制了莎乐美的朝仓世界一先生在后记中这样写道：

有时候我觉得，莎乐美的性格真不好。我行我素，总是给周围的人添麻烦。但是，莎乐美对此也完全自知(也许吧)。如果面前有堵墙，就拆掉它。拆掉这堵墙，也会给自己留下痛苦的感受。即便如此，也无法停止。因为不想为了活着而停止。作为作者，我认为这一定是莎乐美的魅力所在。

妈妈，虽然我没有直接对您说过，但是我理解。因为即使看后记也会使我流泪。跟您一样的啊。

偶尔，我仰望夜空，会这样倾诉，天国肯定就在那上面。

妈妈应该会像往常那样歪着细长的脖颈说，是啊。即使不用语言交谈，我们在恰到好处的距离内一起生活、工作的过程中，身体与灵魂已在随意地交谈。

我知道我的心在飞飏。向着宇宙的方向，向着有星星的遥远的上空。

心在吸入空气时，逐渐远去，又在呼出空气时，再度回归。

因为我和妈妈都喜欢莎乐美，爸爸在十年前重新装修牛排店的时候，就把店名改成了“JUJU”。

在那之前的店名是“德克萨斯”，一个很普通、很有牛排店感觉的名字。爸爸看到妈妈对莎乐美着了迷，还跑到朝仓世界一先生的个人展览去请他签字，就说，既然那么喜欢，好容易重新装修就起个相关的名字吧。

我觉得如果这个漫画再早一点问世，我的名字毫无疑问肯定是莎乐美。毫厘之差，我成了美津子。

如此可爱的妈妈，六年前心脏病发作，在店里倒下，离开了人世。

在医院临终时，妈妈带着做梦般的神情说：“没想到有这么一天啊，还想再干一阵子呢，不过，我很高兴能倒在店里。”妈妈打扮靓丽，性格开朗，爱好清洁，总要把所有的一切都收拾得井井有条才安心，她也把自己的人生收拾得井井有条才离开。

当然，人生并非漫画，妈妈也有肉身，我给死去的妈妈擦拭臀部，为她化妆(妈妈包里擦粉底的粉扑带着充满生命气息的微污，令人辛酸，我不由得抱紧了死去的妈妈)，妈妈确实已经死了，我搬动体温尚存的妈妈为她更衣。但究竟为何，棺椁中的妈妈，看上去就像是在装死而暗暗发笑的莎乐美。

如同美丽的流星发出瞬间的闪光消失在空中，这真是无与伦比的死亡方式。

我们家的店卖牛排和汉堡。

店里播放的是乡村音乐和西部音乐。内部装修很像木屋，牛排和汉堡带着滋滋[1]的声音摆在铁板上端出来……淡淡的咖啡必定盛

---

① 原文的拟声词为“ジュージュー”，与主人公家的店铺 JUJU 是同一个词，发音接近汉语的“啾啾”。

在马克杯里。

那种感觉，是70年代，也就是我父母迎来青春岁月的时代，他们梦想中店铺的氛围。那是日本燃烧着希望的时代，那时的气息丝毫未变地封存在了店里。

如今，那种印象已被连锁店渐渐冲淡，非但不是司空见惯，即使在美国本土，那种店铺也已屈指可数，这一点谁都明白。然而，那个时代的梦想余韵依然在日本各地生生不息。

爸爸和妈妈，在祖父母拥有的这块小小的土地上，满满地吸收了那些梦想，开始了“JUJU”的经营。店里生意兴隆，爸爸经常摆弄沉重的肉块和铁板，却连治疗腱鞘炎的余暇都没有。我出生后，店铺跨越了时代的浪潮继续运营着。

可是，妈妈一去世，爸爸就彻底消沉下去了。就像有什么从爸爸身上脱落了一样。

爸爸只是形体来到店里，跟过去完全一样地煎烤牛排和汉堡，味道也依旧可口，但以往那强大的核心一样的东西在店里已不复存在。

此外，无论我怎样努力，也无法像妈妈那样保持店里的清洁。

远房亲戚进一决定将来要继承我家店铺，目前正在烹饪专科学校学习，他看到店里无法正常运转，于是提前过来帮忙。

就这样，第三代店主迅速地开始了JUJU的经营。

爸爸说，既然特意上了烹饪学校，最好能做出自己的特色，但是进一不愿破坏从爷爷到爸爸一直传承下来的味道和菜品。

进一严格恪守制作的方法和味道，简直就像复制一样。他本来喜欢化学实验，曾想报考理科学校，爱好登山，喜欢一步步脚踏实地，正因如此，他模仿得相当成功。所以在家业传承方面我也彻底放心了。

JUJU的牛排和汉堡具有魔力。不能改变。进一非常充分地领会了这一点。我觉得他似乎以再现原汁原味为骄傲。他为完全不掺入自己而自豪。

牛排只有洋葱酱汁一种。将上等的西冷牛排认真拍打之后，烤至恰到好处，盛在铁板上端出来。

至于爷爷和爸爸秘传的汉堡，是将价位适中的各个部位的牛肉完美地混合在一起制作而成。既没有混入猪肉，也没有掺杂进口牛肉。只用干燥的面包粉和鸡蛋黏合。肉块一放进机器，琼脂般的肉糜就从下边出来了。搅拌到肉馅蓬松为止。爸爸总是仔细看着馅料颜色的粉红程度。真不愧是行家。即使已经是习以为常的操作，该看的地方也都盯着。稍有不妥便立刻调整。他那目光，在不经意间却看到了核心。他的动作就像精通武艺的人一样柔和。

我总觉得，爸爸看着作为生命体的肉的颜色时，那种冷静就像医生一样。

把盐和香辛料放入肉馅充分搅拌后醒上一阵，过去是爷爷和爸爸，现在是爸爸和进一，他们用宽大的手掌捏成松软的圆形，赶出里面的气体，慢慢地煎烤。

浇汁是口味清淡的蔬菜肉酱沙司①。

配菜只用黄油煮胡萝卜和黄油炒扁豆。

百吃不厌。

无论心情多么糟糕，无论看上去多么腻味，只要尝上一口就会感到惊讶。真好吃！怎么会这么好吃？心情也如同施了魔法一样变

---

① demi-glace sauce，一种西餐调味汁，香港常译成黄汁，台湾常译成半釉汁。

得高兴起来。

妈妈去世后的混乱时期，JUJU取消了午餐营业。

进一来了之后也一直没有重新开始。因为爸爸心情阴郁，打不起精神早起。

由于这个缘故，我突然有了自由时间。

我迄今为止的人生几乎都是在店里度过的，所以现在感觉很新鲜。

我一直在店里长大，就像跟店铺合为一体的机器人一样，要么就像是从店铺当中分离出来的一样。

其他的事情我一律不会。什么都没做过。如果让我做的话，牛排和汉堡也能做得不错，但是看到爸爸经常犯腱鞘炎的样子，我就想，要是自己继承了店铺，右手也会疼吧。不停地搅拌，不停地煎烤，这毕竟是男人的工作。

突然闲下来的这段时间，我爱上了去附近悠闲地散步。如果仔细观察，就会发现每天都在发生着各种各样的事情。城市中细微的变化如同波浪般连接着更大的变化，我喜欢这样的流转。

妈妈去世那会儿，城里是一片阴沉沉的灰色，我迄今几乎没有出过城，所以无论走到哪里都会浮现对妈妈的回忆，然后久久地蹲在那里流泪，但是最近，世界终于恢复了美丽的色彩。

契机是，某个冬日清晨，我突然觉得：呀！山茶花的颜色多么浓郁艳丽，叶子的绿色也那么葱翠。世界的色彩就从山茶花这扇小小的窗口一点点地复苏了。

虽然我每天都同样地散步，见到同样的人，但是眼中的世界却渐渐发生了变化，我开始有能力捕捉到那变化的样态和色彩。

与肉和油打交道并不是个干净活儿。一身油烟味，到处黏糊糊，眼睛和腰腿总是酸痛、疲软。只有让风充分吹拂，才能消除疲劳。这也是到了最近我才意识到的。因为此前我一直被妈妈的光辉护佑着，到妈妈去世之后才开始忘我地打理店铺。

那个下午，是停止供应午餐以来典型的我的午后时光。

一做完家务，我就穿过有着古旧灯笼、缺了几块路石的陈旧庭院，逗弄一下我们家的狗佩罗，它白天就待在院子里，然后带它去散步。遛狗、巡视，还有为到店工作而调整状态。这是我每天必做的事。

佩罗是长着奇特斑点的中型杂种犬，妈妈从朋友家抱来的，因为朋友嫌它夜里总跑出去不好养。

虽然爸爸说在餐饮店养狗似乎不妥，但是妈妈哭着恳求，爸爸对妈妈的哭求很容易就范，于是就答应了。后来进一为佩罗盖了一个阳光房，已经年迈的佩罗最近总是在那里睡觉。

看到佩罗的肚子呼呼地上下起伏，不由得感到人类是多么的不可思议。

同样是动物的肉，在那边把它绞成肉泥，在这边却对着肋骨肉上下爱抚。正是这种矛盾才像人的行为。

真是不可思议啊，但是这种不可思议并不能简单地以不吃肉的方式来解决，尽管这类矛盾归根结底是个人的事，却一直存在。我们生存于这样的系统中，在吃这一点上，一定有什么是可以贡献的。

于是，尽管伤感，但是我确信自己在某一天死去之后一定也会被吃掉。

被吃掉后，无疑会化作地球、空气或人们目力不及的某种巨大事物的能量。因为不可能唯独人类能从这种循环中逃脱。那些牛，一定也在某处知道自己会被吃掉。它们一定像人类那样，假装并没有意识到死后将成为别人的营养，竭尽全力地活到最后一天。

院子里有一间独立的简易小屋，进一结婚前一直住在那里。从他小时候家里出事，被父母抛弃，直到现在。

因此，那个小屋现在还是进一的休息室。

进一往往会提前来到店里，准备停当后小睡一会儿，或者读读书，但是那天或许是外出了，好像不在小屋里，所以我也没有去打招呼就走出了家门。

“奶奶，这个时候浇花呀？”

“因为今天一早就出门了。你出去？”

“嗯。”

“慢走啊。”

街坊邻里的对话，与童年时代别无二致。

一出小巷，就遇见了长田阿姨，她住在附近公寓的一层，总是呆呆地望着窗外。

“慢走啊。”

阿姨笑着说。自从有一次停电时借给她手电筒之后，慢慢地我们就见面打招呼了。由于她总是在窗边茫然地看着这条胡同，倒是不用担心小偷了。估计阿姨是低保户，似乎既没有亲人，也没有工作，不过邻居们见到她总是打个招呼："有你看着，我们就放心啦。"人们偶尔还以答谢的名义跟她分享各种东西。阿姨也许走过了孤独的人生，能对左邻右舍有所帮助，这使她的自尊心得以保全。

去车站的路上遇见了浜爷爷。

不知是老年痴呆，还是本来就不太正常，浜爷爷总是在附近闲逛，好像主要是在管理儿子家的停车场。只要有车来，即使是跟车场毫无关系的车，他也一视同仁地引导。

"浜爷爷好。"

我说。浜爷爷点头回应。

总是西装领带，穿戴整齐，这是他的特征。他眼睛斜视，略显稀疏的白发梳理得服服帖帖。大家都深信，浜爷爷直到最后都一定会站在这街角引导车辆。他既是一个人又是一道风景，在某种意义上把这看成了一项幸福的工作，所以谁都不曾试图去点醒他。

这里恰如一池温水，看上去似乎没有任何变化。

这当中，偶尔会有生死问题，搅动这里的空气。

有一天我也会死去，居委会的年轻人会负责接待，为我举办葬礼，会由相识的人为我抬棺，一想到这些，与其说感到遗憾莫如说反而轻松。我希望就这样生活，就这样挺好。尽可能慢慢地、一点一点地过下去就好。

为相识的老人送终，这种想法是人之常情。购物、爱好，总之一定是花钱的事，为这类被强加的念头而消费自己的人生是空虚的。总有更为重要的、虽然麻烦但却容易理解的那些与己相关的事物迎面而来。应对、化解并充分地体味那些事物，这才是人生。我在店里见过形形色色的人，很早就深刻地明白了这一点。

对，那是一个平淡无奇的午后。如果早知道那是变化开始的一天，我会更多地去体味那寻常的一天，要是那样该多好。

回想起来，那个午后就像是上帝给予我的特殊梦幻一般甘甜。波澜骤起之前的寻常的甘甜，孤单而自由的悲伤的馨香。

我在车站前的花店买了花，又跑到稍远些的有机食品店买了新鲜的胡萝卜和巧克力，去拜访了夕子。

夕子是进一的太太，过着几乎足不出户的生活。

偶尔在外面遇上，也仿佛见到生魂①出没般令人心头一惊。

听说她小时候受过重伤，造成左脚神经疼，一条腿短了一点，外出困难，所以总嫌麻烦而待在家里。而且，她实在是太过貌美，进一也不愿意让她外出。

还存在这样的婚姻，这给了我很好的启示。让我觉得，只要当事人觉得好，其他还有所谓吗？这样就很好了。

我甚至觉得，也许自己迄今为止都太要强了。

比如，即使偶尔谈谈恋爱，我却仍然在店里全力以赴，以前曾经交往过的进一总在我身边转来转去，而我却常常一身油烟，于是不知何时这份恋情就无法维系了。

我曾经流掉了和进一的孩子。

那是我十七岁的时候，在进一工作和闭门不出的时期之前，当

---

① 原文为ドッペルゲンガー，为德语 Doppelganger 的音译，在德语中的原意为“两人同行”，心理学上指自己看到自己的一种幻觉，又称“二重身”、“自像幻视”。

时他还是个大学生。

我们俩都天真地打算将来结婚，他那里和我这里直接相连，就像猴子那样，顺从身体的热情结合在了一起。

那时的进一，既是兄长又是恋人也是亲友，我们成为一体，没有任何矛盾地生活着。

不知该如何形容那段时光的幸福。每天只要能见到进一，就无比满足。

有了孩子，我很高兴，心想当然要生下来。进一也这么说。但是，当我想着要把孩子生下来而瞥向进一的时候，却感到这难以实现。

进一动摇了，他虽然嘴里说生下来吧，咱们结婚吧，我会尽力帮忙，但是显而易见，从那天开始他突然变得寝食难安。而且他不再与我四目相交。

这种情形与“结婚吧”这句话完全不符。

直到前天，我们还像狗狗一样紧紧连在一起，在同一个被窝里睡觉，一起看着午夜电视哈哈大笑，分享买来的点心，然而我们突然变得比这世界上的任何人都要疏远。

我从来没有像那段时间那么悲伤。

那种悲伤不同于怨恨，也无法怪罪别人，是现实带来了非现实的事物时的悲伤，无限深沉的悲伤。

人生就是这样啊，要是强迫自己努力往好的方面去想，就会真的感觉不错，但那只不过是催眠术。这就是人生。就是这么回事而已。

我迅速领悟了这一点。

无所谓啦，生下来在娘家抚养，绝不让进一碰孩子。虽然我如此下定了决心，但依然伤心不已，也许是过于钻牛角尖，我很快就流产了。在我身体虚弱卧床不起期间，进一试图干一件超乎寻常的事。是的，他就是那种家伙。直到现在，一想到那天的事我就恍惚。感觉似乎此生都不会再与他相互理解、共同分享了。所以我从心里与他诀别了。

他去了医院，打算做绝育手术。

要不是我发现了预约单和写着术前注意事项的纸条，那就完了。

我擅自打了电话，声音颤抖着取消了手术，逼问回到家里的进一。

“想什么呐？你还年轻啊。”

我边哭边对他说。尽管我比他年轻，不具备这么跟他说话的身份，但是反正，我不希望他做这种事。

“不做爱我做不到，但是可以做到不要孩子。”进一说。

“可是，要是做了这种手术不止是跟别人不会有孩子，跟我也不可能了呀。”我说。

“万一你又改主意了呢？”

“再做手术。不过，可能会比较难吧。”进一说，“关键是，我给小美带来了这么大的痛苦，所以自己也必须得做点什么。”

这，真是笨到可以，我心想。

给彼此带来痛苦，再一起分担痛苦，可是，又无法分手，如此一来又想做爱。今后的事暂且不去想它。年轻男孩的想法就是这么愚蠢。

我真想骂他：你是不是觉得以后一辈子再不发生这种可怕的事就好了？就可以逃避了？

连商量一下都没有，甚至都没对我表达一下想做手术这件事伤害了我。所谓外人就是这样的吗？我这么想着，意识到自己已经碰触到了沉睡在灵魂深处的怨恨的漩涡。这漩涡如此之深，简直像宝物般渐强渐大地打着漩。

被忙于经营店铺的双亲忽略的全部悲哀，迄今为止黯然神伤的全部瞬间，都如同岩浆般咕嘟咕嘟地沸腾着积聚在一起。倘若稍有触碰任其爆发，一切都将丧失殆尽，想到这里，我咬牙强忍着。是的，那种情绪就在那里，只有自己了解，我心里明白。我决定，就这样吧。

那时候我的梦想曾是，与进一结婚，继承JUJU，我以为这都能够实现。不，是一直认定绝不可能无法实现。

我本来想，高中一毕业就到店里工作，尽早结婚，多生孩子，热热闹闹地扩大生意，平稳地生活下去。

但是这梦想因为那件事而迅速破灭，无法实现了。

我的恋爱梦想，及其虚幻的根基——这世上有一位成熟的男性，会像爸爸一样呵护我，也都随着所有的一切土崩瓦解了。

细细观察，才逐渐明白其实并不是爸爸在呵护着妈妈。

爸爸只是在社会层面保护着妈妈，但是并没有在人性层面呵护妈妈。反倒是妈妈在呵护着爸爸的人性。

难道，那只是纯粹的 give & take（给予和获取）吗？再也无法回到全身心投入的孩提时代了吗？这些我也理解了。

虽然很多人都说，顺其自然地生活，即便失败，重新来过就好，但真的顺其自然地生活，遭受了某个小挫折后，却再也无法重整旗鼓了。我也曾想，做爱怀孕，奉子成婚，那不也挺好？然而那种简单的推进还为时过早，而且我们的组合也很糟糕。

那件事之后，我再没去过进一住的那间单独的小屋。

父母也半默认了，简直就像我们还住在一起那样。

那段时期，进一的小屋就在院子里，看起来简直就像院子里有一块沉重的物体。明明不愿看到却偏偏会看见，如同噩梦的残骸、薄污的废墟。虽然模糊不清，却又沉重压抑，因此总能看见。我总是带着一种看到不愿看见的东西的心情，走过那间小屋。

当一切都消失之后，连回忆都显得模糊而暗淡。那扇门，我曾经那么兴高采烈地呼唤着进一的名字敲击而入，如今已不再无条件地接纳我。

后来进一找到工作，开始忙起来，有一段时间我们很少见面，接着他突然辞职关在小屋里闭门不出了。

那时小屋窗口的灯光，一味地呈现出令人担心的色彩。

我想，他不会在小屋里自杀吧？经常战战兢兢地去查看情况。做了好多次可怕的梦。或者是发现进一上吊了，或者是在外出时听到了进一的死讯，都是这类噩梦。我心脏狂跳着猛然坐起，好几次想去进一的小屋，但是身体无法动弹。这种情形反反复复。

然而这完全是杞人忧天。

进一常常与山友们一起或者独自一人到山里去，意想不到地快乐。

他悠闲地画画、读书、上网，为前去造访的妈妈和我沏咖啡，变得完全像一个幽居深山的老爷爷，令我沮丧得几乎要生气。

不过那段时间进一将自己紧紧地封闭在内部，没有发散自己的情绪，这使我们之间的关系得以成长。我那时候有了男朋友，有时会去找他商量，我们的关系在一点点地恢复。

当然，在这种关系下面的地层中有我们恋爱的经历，但已经成为化石。进一没有再对我表现出迷恋和逃避，而是试图重建关系，对此我也十分配合。

后来，进一上了烹饪学校，与夕子闪电结婚，进入了JUJU。

那时候，孩提时代那种的窗口灯光终于真正地回来了。

啊，进一在呢。一看到那灯光就感到内心宁静，真希望他一直住在近旁，我开始能这样想了。

明明是同样灯光下的同一个人，却能有如此的天壤之别。这样一来，就可以理解人生中并不存在命定之事。现在并不那么糟糕，只要这样就挺好。

进一绕了一大圈，最后又回到了我们家的JUJU。

我算是终于梦想成真？抑或是彻底被打得片甲不留？到现在也还不清楚。我感到似乎二者皆是。

曾经那么热恋进一的心情消逝无踪了，无论如何也无法记起。

不过，我觉得没有人比进一更爱JUJU。

所以我很开心，仿佛卸下了重负。

我想，是否一切都是为了现在的结局才被迫绕了一大圈呢？

我领悟到，要简简单单地度过一生并不容易。人生就像冲浪一样。海浪在时时刻刻地变换，人只能随时保持平衡。即使为此而最终扭曲了姿态，但只要保持自己的意愿，一切都会在时间之流中变得单纯。

我的轴心就是自己和妈妈的JUJU（但不是厨房而是前台），如果不好好照看那里就会变得一团糟乱。

我高中毕业，除了打理自家的店铺之外一无所能。而且打交道的就是肉。要是往坏处想的话多坏都可能。但是，JUJU被我所居住的市镇和店里的客人们包围着，在它的历史中，我有幸成为第二代莎乐美。就像当年的妈妈那样。或者莎乐美小姐算第一代的话，我和进一就是第三代。

我觉得进一和夕子非常像。

他们相似的程度，并非如我所受的微妙伤害那般，而是那种与父母的关系从根本上遭受彻底重创，之后独自一人想方设法拼命努力，最终熬了过来的感觉，他们的那种空虚感，一模一样。

因此，进一也许一眼就从夕子身上电击般地看到了相同的光景，从此无法放手。

他们两人都不太在意别人的想法。有特别大胆的一面，也有缺少常识的一面。

进一对夕子一见钟情，炽烈地爱上了她。据说他俩在黄昏的街道擦肩而过，进一就跟上了夕子。然后就流着泪搭话说，怎样才能再见到你？无论如何想要再见一面。

那段时间，进一为爱所困，瘦了五公斤，他不问昼夜地来找我商量。就在我不断地鼓励，他的情绪日渐温和的过程中，我终于真正地、彻底地找回了远亲式的深厚而普通的情感。那完全像父母对孩子的感情。希望这个孩子能够幸福，希望他一切顺利，连我自己都对这种愿望的强烈程度感到吃惊。

在我们关系的深处已经成为化石的那个疙瘩，被打开了一道通风口，吹入了新鲜的空气。如果进一没有跟夕子结婚，只要我在，他或许就不会继承这个店铺。

在进一对夕子的感情火热升温、如痴如狂、心神不宁、全身心彻底敞开的那段时期，我下定了决心，要和他一起把店铺经营下去。

听说，面对进一的火热求婚，夕子说：“要是可以不出家门的话结婚也行。”

附近的孩子们把夕子叫做“幽灵夕子”。因为她形影过于单薄，偶尔站在窗前真像是妖精或精灵……嗯，说实话最像的就是“幽灵”。

不过，他们没有住在古老的洋房里，他们的爱巢就在一栋陈旧公寓的斗室之中。那栋公寓有个小小的庭院，天气好的时候，夕子偶尔会坐在阳台上凝望庭院，从外面的大门附近可以瞥见她，大家都会被吓一跳，感觉她像个幽灵。

我敲了敲门，

“来啦。”

一个尖细的声音传来，门开了。

虽然我不知道该怎样称呼远亲的妻子，但她是我的亲戚，虽然她偶尔会皱着眉头说：“小美，你身上好浓的汉堡味儿，我透不过气，换换空气好吗？”但是我们的关系很好。

“啊，小美。你来啦。”

夕子嫣然一笑。

这是凡间人物吗？她令人禁不住会这么想，她白皙通透，没有肌肉，如同纸片般单薄，不仅如此，她看上去总像是在彩虹色薄膜的另一边。

“进来吧。”

说着，夕子碰了一下我的手。夕子的手冰凉，但还有皮肤的真切触感，也能够看到静脉，我心想，她是活生生的呢。若不确认一下几乎快要忘掉她是活的了。

“我就待一会儿。等下还得去工作。”

我说。

“进一说要买东西，刚刚出去了。”

夕子说。

因为她总待在房间里，所以衣着也总是把睡裙那样的薄衫套在黑色无袖的蕾丝衬衣外面，她短发蓬松，露出雪白的后颈。说出来有点那个，但一想到进一日夜拥抱着这个人，那种特殊的性感甚至让我都羡慕起来，有点血脉贲张。

原因并不是她乳房丰满，也不是她臀部圆翘，而是包围着这个人的一层美丽的雾霭。她优美而又非同寻常地性感，恰似远方朦胧的山景般遥不可及，以至于令人觉得此生若是能够得到这个人，也就足以称道了。

夕子曾经说过，出门实在困难，所以就决定不再外出了。我想，确实如此吧。上帝为何创造了这样一个人呢？就如同世上也有荒谬粗笨的人一样，偶尔也会有这样的人。这样的一个灵魂极其偶然地进入到一个拥有这等外表的人体内，此种事情极为罕见，因此她才会有如此与众不同的人生吧，一种无法言传的说服力使我对这一事实坦然接受。

也没问我是否要喝茶，夕子就到厨房静静地开始用毕雷矿泉水①调配香草甘露酒。

这也是与她相得益彰的饮料。

她把盛着淡紫色液体的葡萄酒杯递给我。

我就像参加鸡尾酒会那样，站着接过杯子，放下背包，轻轻地坐到沙发上。每次一到这里，就觉得自己像个鲁莽的大块头大叔一样。

“这个，是我的一点儿心意。”

我把带来的东西递过去。

---

① 原文为“ペリエ”，日文中的外来语，源自法语 Perrier，商标名称，是产自法国南部的一种发泡矿泉水。国内亦称“巴黎水”。

"谢谢!"

她用纤细的小手接过去。

随即眯起了眼睛。

"美津子，你有汉堡味儿呢。"夕子说，"跟进一一样的味道。"

"那当然了，因为我们在同一家汉堡店干了很久嘛。"

我说。

"另外，"夕子以沙哑的、如同耳语般的声音说，"还有恋爱的香味儿。陷入恋爱之前的人的味道。"

啊？我向夕子看去，却看不清她的脸。

只看见薄薄的水汽后边她清晰闪亮的双眸。要是现在有人告诉我，这人是被因嫉妒而疯狂的进一或者其他男人勒死的，她实际上已经死了，是个幽灵，我大概也会相信。

"没有恋爱呀。"

我说。

"说不定就要有了呢。因为，有恋爱的味道。"

夕子一边嗅着我手臂的味道，一边微笑着说。她凉凉的小鼻尖碰到我皮肤的触感，跟猫一模一样。这个时候，她又重新成为那个一如往常的、伫立在眼前的夕子。

“以剑道为生的人，只同水平旗鼓相当的人相遇和成为对手。在这个意义上进一与你实力相当。此外就没有这样的人了，所以你们才能一起经营店铺。”

夕子说。

“啊，也许吧。”我说，“进一跟我妈妈非常亲近，我都快要吃醋了。我觉得进一也一定希望自己生在我家。”

进一的母亲是牙科医院第三代传人的千金，他父亲也是牙医，两人是相亲成婚。后来，进一出生不久，他父亲就跟牙科护士私奔了，母亲拿到一大笔补偿费回了娘家，再婚后又生了孩子，后来的丈夫作为入赘女婿处理她继承的医院事务。

进一小的时候经常被寄养在我家，他母亲回娘家之后，他就作为养子搬到了我家院子的独立小屋里。

我父母绝没有想过收进一母亲的钱。

他们接受过的也只不过是升学贺礼之类。因为一旦收了钱就会失去赶走进一的权力，虽然父母嘴上这么说，但是他们对进一十分疼爱，爱他爱到希望能永远和我们在一起。妈妈常说，我们得到了金钱买不到的缘分，如果用钱来交换的话会遭到报应的。那孩子已经是咱们家的一员了，我都不能相信小进不是我生的。虽然进一好像偶尔也跟生母见面，但是到现在似乎关系也并不太好。

“如果一直待在家里，就能够清晰地看到事物的样态。那里简直没有可以容纳爱和梦想的余地。不过，要是模棱两可地看，一切就会显得恰到好处。哎，我是不是看上去既没有梦想也没有希望？”

夕子说。

听到这些我也无从敷衍。

“看上去是有点，但只不过就是显得没有幻想而已。再说，我觉得不出门也并不代表一无所有啊。”

我说。

“哪方面？”

夕子直勾勾地盯着我问。那双眼睛仿佛要把我吸进去，不知为何里面有着广阔而自由的空间。她的双眸分明显示，现在就可以去任何地方。

“反正，总觉得你很丰富，夕子。就跟宅在小屋那段时间的进一一样。”

“你真是懂我啊!”

夕子轻轻地握住了我的手。

她的手冰冷而纤细。

我心想，要是有一天我倒下了，这个人不可能到店铺来协助进一做事……为了 JUJU 我必须健康长寿。

我非常现实，见到进一和夕子这样不着边际的人，虽然也有小小的憧憬，但我更愿意驱动自己的身体。希望像妈妈那样脚踏实地。我在店里擦拭桌子的时候，能看见妈妈的手在那里。透过铁板上嘶嘶作响的热气看到对面顾客的笑容时，妈妈也在那里。比在佛坛上妈妈的遗像更加亲近可感。我依靠这种切实的感受生活着。

“就算恋爱了，也别跑远啊。”

我一见到夕子就会想，有得必有失。无论到什么年纪，夕子都肯定不会到外面去吧。她的童年究竟是怎样熬过来的呢？肯定备尝艰辛。现在因为不再遭遇那些本要遭遇的挫折，补充力量的关键也应该为之一变。

这样一个奇特的人，一直静悄悄地待在这个家里。仅仅这件事本身，就在我的人生中、在我内心深处的村落里点燃了柔和的光亮。一眼就能看到，真切的光亮。

“我觉得，只要夕子在就让人感到有指望。”

我说。

因为无论是我和进一的关系，还是家里的店铺，即使事态发展到最坏也没有一团乱麻，原因就在于夕子总如天使般出现，她会像大冈裁决①那样做出公平而富有人情的决断，使事态在该平息的地方平息下来。

“啊，我可不是天使。”

夕子带着一种理所当然能够听到我心声的感觉说。她融入黄昏中，我看到她双眸的闪光，但并没有感到不可思议。

“天使是轮番出现的，任何时候都有人成为天使。你就是我的天使。否则，就不会那么了解我啦。我觉得一般人都会把我看作后来插入的绊脚石。”

绊脚石？

---

① 大冈裁决，日语为“大岡裁き”。大冈忠相（1677—1752）是江户时期的幕臣、大名。在《大冈仁政录》中记述了他的一次经典裁判，此次裁判中大冈把孩子判给了真正的母亲，这如同《圣经》中的所罗门断子案，成为人们对于公正而富于人情味的裁判的代称。

我一次都没有这么想过。我只不过一直深受夕子的吸引，想办法和进一一道把夕子留在身边。

“肯定是我的脑子笨。”

我笑着说。

夕子只是微笑地看着我。

去见夕子已经成了我的习惯。像是前往异质空间的旅行。

走出那栋公寓一步，我便感到刚才的一切仿佛已成梦境，真有那样的人吗？

回头望去，夕子果然如幽灵般地伫立窗前，虽然看不清她的面容，但可见到房间灯光的映衬下她那白皙通透的身影，以及挥动的小手。我也向她挥手，走入金色的夕阳余晖中，感到夕子的面影缓缓地在内心融化。

系上围裙来到店里，进一和爸爸已经在并排做着准备。自从两人一起打理店铺，他们的表情越来越相像。观察肉馅时认真的目光，对煎烤火候一丝不苟的态度。一度消沉的爸爸也似乎变得年轻了，但还不是妈妈健在时的那样，他仍然接近失魂落魄的空壳。

进一专注地做着酱汁①，爸爸做着汉堡，在肉馅中加入胡椒盐和提味的肉豆蔻搅拌着。

店外陆续来了些客人在等待。

几个人排着队，有的在看杂志，有的在闲聊。

每次看到这些客人，心中便涌起无尽的爱怜。一想到他们走出大门时心里想着“好，今晚就去 JUJU”的样子，我就充满了力量。那些从那一时刻就一直等待着我端出沉重大托盘的人们。

即便是身体倦怠的日子，我也主动麻利地打扫店面，装饰花卉，擦拭排风扇（虽然这上面黏糊糊地令人生畏，厚厚地糊着一层像黏土一样的油污，没法彻底清除），吭哧吭哧地把地板擦到尽可能不因油污打滑，挂出招牌，接通电源。

当“JUJU”的字样在薄暮中闪耀时，我感到非常幸福。每天都会感到惊喜。

JUJU，我们的店。

或许这个小店会在我和进一这一代走到尽头，但那是稍后的

---

① 原文为“グラッセ”，日文中的外来语，源自法语 glace，加黄油熬制收汁，浇在菜肴上为其上光。

事，我心里充满了现在还有时间的喜悦。恰如刚放暑假还有充足时间的那种心情。

我总觉得，在做这些事的过程中，宇宙间会形成标有JUJU名字的袋状物体，每当我打开店铺招牌的开关，它们就会永远被保存在宇宙空间里。没有比这更真切的光亮了。

那天晚上，来到店里的那个人周身飘浮着刺激我心灵创伤的气氛。他带有些许与往日的进一相似的氛围。那时候的进一十分朴实，尚有各种隔阂未能消除，隐藏着激烈的愤怒，同时又带着悲伤。

他那垂目俯视的感觉、厚实的手掌都像进一。但是他个子比进一高得多，与肌肉发达的进一不同，他似乎很快就会发福，年纪也比进一大……大概有三十五岁以上吧。

我心想，不是熟客呢，但不知为何有种相识的感觉。似乎有点像某个人。

他点了汉堡，我像往常一样，把嘶嘶作响的铁板端上来摆在他面前。

"久等了，请慢用。"

我说着每次都在重复的话，他抬眼瞄了我一眼，然后就看着热气腾腾的铁板。

接着，他像是无法抑制似的突然失声痛哭起来。

是放声大哭。那种哭法让我觉得自己是第一次看见有人这样哭泣。店里的客人都大惊失色地朝他看看，又垂下眼睛。

我赶紧跑到柜台那儿，拿来一盒纸巾站在他旁边。

我抽出几张纸巾，只顾站在那里。

那时候我没有碰他，也没在意店里的情况。只觉得空气倏然浓缩。

我好像明白了，我和他的能量都集中在六号桌，形成一团巨大的光亮，变得越来越强烈和浓重。站在他身边的时候，不知为何我心想："我会一直支持这个人的。"我从他那浑厚的脊背感受到一种责任，甚至祈祷这一刻永远持续下去。怎么会这样？这种心情，奇怪的心情，就像置身于事先决定好的剧本之中。

只有三分钟左右，正好没有客人点菜，也不需要上菜，魔法时间！

进一瞥了我一眼。我感觉到了。犹如临终的人脑海中走马灯般掠过全部的人生，那一瞬我和进一都从对方的眼中看到了彼此的灵魂。接着我们相互都领悟了。终于来了，嗯，我的也终于来了。真好啊，但也会寂寞的，我也会寂寞的，不过我们还拥有这家店铺。

我甚至觉得和进一之间有了这样的交谈。

进一把目光收回到手头工作的一瞬间，那个人止住哭泣抬起头来。

我赶紧把纸巾递过去。

“我还以为是花束呢。”

他眼睛通红地说。声音低沉沙哑。

“汉堡要凉了。”

我说。

这是我们最初的对话。

“我妈妈死了。”

他说。

“是嘛！”

我说。

“我妈妈，跟爸爸一起，每个星期四，都来这里。今天我代替他们来。”

“哦，”

我明白了，

“宫坂夫妇！你是他们的儿子？”

他一言不发地点了点头。

很像，确实像那对夫妇。那夫妇俩在离这里步行五分钟左右的地方经营着一家书店，每周必定两人一起来。不知为什么他们总是并排坐在桌边，笑眯眯地看着厨房聊天。

“宫坂先生的夫人，去世了呀。”

我说。

我心想，那么突然，同时真切地记起了自己的妈妈去世时我也曾这么想过。

宫坂夫妇有一阵子没来，我还以为可能是旅行去了。真是难以置信。那么熟悉的一对夫妇，已经成为店内风景的一部分，却永远无法再看见他们微笑着并排坐在这个位置了。

流转的时光可以无限膨胀。那两个膨胀起来的身影已经毋庸置疑地刻入了这个空间。

“请节哀顺变。”

我说。

“怎么没有葬礼、守夜什么的？我都没能去告别。”

“噢，是妈妈的遗愿，不要让邻居们知道，书店照常营业。只由家里人悄悄办理后事。”

他说。

“至少，让我献束花吧。改天送过去。”

我说。

他用那双红肿的眼睛直直地注视着我的眼睛，点了点头。

我呆呆地想，那对夫妇总是聊个不停，却生出了如此安静的儿子，真是不可思议。

“汉堡要凉了哟。”

我再次用尽可能亲切的声音说，然后离开了那里。他开始狼吞虎咽地吃起汉堡来，完全像个小孩子，我松了口气。

这种长舒口气的感觉，已经久违了。

我仿佛能听到夕子的声音在说“小美就喜欢照顾人”。我无意间看了进一一眼，他也在看我这边。

“刚才，好像听到夕子的声音了。”

他这么一说，我心里吃了一惊。

“出现幻听啦，你们俩还在恋爱吗？已经不是新婚了呀。”

我说。进一笑了。

我心想，若是那个过于不可思议的人化作气体飞到我这里来，看着我这副一见钟情的样子，也并不奇怪。

从那天起，我心里总想着宫坂（既然父母姓宫坂，那他肯定也一样，于是决定这样称呼他了）。

我们的相遇太过富于冲击性。“我还以为是花束呢”，这不是一般能说出口的话，所以，那情景，那声音，我都无法忘怀。

我心中祈望，宫坂也对我有意。今后他是否会每个周四都来，仅仅是想到这里，就像女学生似的心脏狂跳。

我总觉得，虽然我的人生已经无可奈何地被扭曲了，但是如果能够通过他的眼睛来看待事物，就能够如自己所希望的那样变得单纯。

我小时候，入秋之后夜晚骤然凉爽，心情说不清地既安稳又寂寥，大家的心都一下子变得透明起来，在那样的夜晚，有某个时刻所有的事物都显得格外安静。

爸爸烤肉时滋滋的声音、妈妈站着劳作的身影、客人们的喧闹嘈杂、刀叉与杯盘相碰的尖脆声响，都如同沉入宁静的湖泊一般。

“宫坂夫妇好像是私奔结婚的。”

三天后的晚上，老顾客大川悄声告诉我。

大川居住的公寓就在宫坂夫妇所经营的书店隔壁，据说她从房东那里听到过不少传言。

大川是女性杂志的编辑，她丈夫也在同一家公司从事编辑工作，只是部门不同。

他们两人都偏爱JUJU，时常惠顾。大川看上去是个干练的职业女性，但其实是个非常温和的人。

在她来为妈妈守灵的时候，我尤其有这种感觉。什么时候该倒茶，什么时候要含泪，什么时候得安慰谁，该让谁自己独处。我觉得她在真心地哀悼妈妈，每次看到她令我产生这种感觉的细微动作，就觉得这个身处华丽世界的人，兼具敏锐的感觉和纤细朴素的亲切。在葬礼上，高档的菊花摆满了整个房间，但大川从附近采来许多妈妈最喜欢的清晨开放的野花，做成花束，悄悄装饰在店铺的厨房里。她含着泪说，阿姨要是回来，一定是来这里。

从那以后，我一直在心里崇拜着大川。

有的事情只有在人脆弱的时候才能看到。

在心情舒畅时消散殆尽的那些细微到不愿入眼的事物，当人脆弱的时候，就会像墙上的斑点一样慢慢地浮现出来。

虽然那种情况下会有一种自己飘浮在宇宙中心的惶然，但在那里看到的小花般鲜艳的色彩却能常留心间。

妈妈去世后那个消沉的夏天，在无事可做的早晨，我总是牵着佩罗茫然地向车站附近走去。穿过时常经过的道路和小巷。行走在无论何处都无法再见到妈妈的城市里。在雾霭飘浮的沉重空气、汽车尾气与早晨的懈怠气息相混合的街道上，我漫无目的地走着。

就在不久前，为了准备午餐，我即使强撑体力也要锻炼身体做做体操，想到要在肉油混杂的气味中走动，需要先满满地吸入新鲜空气，到公园躺下做着深呼吸的时候坠入梦乡被蚊子叮咬，我曾经活在总也干不完的工作中，而那段时间却只能空虚茫然地走着。

爸爸一味消沉，终日躺倒不起，我们很少说话，只有无处释放的无声的体谅徒然沉淀在我们之间。

那阵子，我经常遇到牵着心爱的法国斗牛犬散步的大川。黑色的法国斗牛犬身体火热，发出呼哧呼哧的鼻息。我软弱无力，哭肿了眼睛，觉得也许连它都想躲开我。

但不知为何，在那个惶然无措的早晨，当我以茫然的心情望着街景时，那个黑色的身体朝着我的膝盖伸过头来一个劲儿地蹭，就像初生的婴儿寻求怀抱一样，使我感觉到自己还活着，还在被需要。

“谢谢你啊，妮可。”

我抚摸着它黑色的硬硬的头，拼命嗅着那狗狗身上的气息。

虽然大川注意到了我红肿的眼睛和消沉的情绪，但她什么都没说，笑眯眯地让我尽情抚摸她的爱犬。

一股香喷喷的气息令人想说“真想活着！现在活着!”。佩罗身上也有这种气息。阳光下幸福的狗狗的气息。备受关照和爱抚的气息。我感觉到了，感觉到自己还活着，无需语言，只要有这种想法就恢复了能量。

只要一听到宫坂的名字，我的心就怦怦直跳。大川并不知道，她继续说着。

“去世的阿姨，其实是坡上N街著名世家的千金小姐，住在非常气派的房子里，当时也已经订了婚，但是跟宫坂先生私奔后和娘家断绝了关系，继承了书店。”

“那家书店，感觉很有学院气息，特别高雅。”

我点头说。

宫坂书店与一般的书店稍有不同，它开创了现在所谓的咖啡书屋。

相敬如宾的夫妇俩总是一起待在书店，里边有两台不断煮着热咖啡的咖啡机，客人们也可以坐下来看书。店里有雅致的木质柜台和舒适的椅子，当然也有市民们需要的杂志、实用书籍、漫画和新书摆放在最前边，只有里边的一角是旧书、摄影集和美术书籍。宫坂叔叔似乎喜欢冒险类的书，收集了很多游记、旧地图和世界珍奇博物志等与众不同的旧书，好像还有客人远道而来。

午后经过这里时，常常正好看到宫坂叔叔骑着摩托车从批发商那里回来，“我回来了”“你回来啦”，两人的轻声问候让人觉得，只要有他们在就会使书店得到净化。

那对夫妇用来作为心灵支撑的，竟然是我家的晚餐。

“宫坂家的儿子，像第二个进一呢。”

大川冷不丁地说，我心里一惊。

“为……为什么？”

我有点不安。

“那人真的不爱说话，而且是个书呆子。”大川说，“好像今后要帮忙打理书店里边的那个专区呢。”

“哦。”我说，“他多大年纪？”

“唔，应该有四十了。他结婚后继承了老丈人家的照相馆，但是因为太痴迷读书，人又憨厚，太太有了婚外情离家出走了，他离了婚，最近才从长野搬回来。”

大川说。

“长野？”

“他太太的娘家在小诸或者佐久。”

“你了解得真多呀！”

大川的消息如此灵通让我很惊讶。

“宫坂夫妇每年都会歇业几天，全家欢天喜地地去度一次假，到轻井泽的高级旅馆连住几天，这在左邻右舍都已经传为话题了。连儿子儿媳一起去，要几十万日元呐，虽然宫坂太太被逐出了家门，但是他们的生活并没有改变，应该还是从太太的娘家拿了钱，大家都这么说。”

大川说着笑了。

“嗯，街头巷尾的传闻故事。”

我也笑了。这一带，发生任何事情都会立刻传开。

“不过，那对夫妇居家非常简朴。这一点我很喜欢。而且，他们店里的书都非常棒。就因为有他们的书店和你们这儿，我们两口子才搬到这儿来的。”

大川两眼闪烁，陶醉地说。

我觉得她那双敏锐观察的眼睛，在这样的时刻格外亲切。不是只看自己想看的色彩，而是把所有的一切尽收眼底。

“他们买下了先前租住的旧房子，也没有重新整修，认真收拾之后就入住了，两人兢兢业业地还贷，用心抚养独生子，对书店也一直精心经营。他们从来不去轻井泽以外的地方旅行，唯一的爱好就是你们家的牛排和汉堡。不像我们家，在垃圾箱一样的房子里，两人都忙得不可开交，孩子也没有，乱七八糟地过活。跟他们交往之后才知道他们跟那种吃着豪华大餐过日子的得过且过的夫妻完全不同。”

大川说。

“你是因为工作，没办法呀。因为一直很忙啊。”

我笑了。

大川也笑了。

“现在还是人生中需要奋斗的时期。要是我们俩都能长寿的话，真想盖一所小小的房子，在那里安静地生活。”

大川望着远方说，她有着一份很体面的工作。

那样子就像是，虽然已经进入了梦想难成的轨道，却还是不愿舍弃。我在店里的时候，多次看到过这样的眼神。那是不知不觉中已然走到远方的人们的眼神，想要回到原点，却已积习难改。有着这种眼神的人们，有时会突然辞掉工作，搬到远方或者回到老家。大川则是在慢慢地找回梦想，不输给生活的忙碌。我默默地祈祷，大川会一直留在我们身边。

这时候，大川点的汉堡烤好了，我离开了她的座位。

又知道了一条关于他的消息，他结过婚这件事让我有些震惊，但是现在他肯定是单身，我咀嚼着这份喜悦。

洗完澡，我从自己的房间向下望去，可以看到进一那间小小的屋子。

现在已经没有灯光了，以前我总是看着那灯光。夜里一看到进一房间的灯光就感到安心。

他原本并非这个家庭的真正成员，所以一定也会有不安，而不安又会撩拨起依恋吧。因为不知何时就会离开这里，不知哪天父母就会来把他接走。

我和妈妈曾经吵过架。当然会吵架。跟父母一起工作是很别扭的。

但是，每当我外出旅行，或者吵架之后像离家出走一样住到朋友家时，耳畔总是会听到那嘶嘶的声音。心里想着，这个时间店里怎么样了？是不是很忙呢？今天有没有预约？葡萄酒还够吗？酒铺的矢部先生有没有按时来送货呢？在这么想着的时候那令人愉悦的嘶嘶声也一直不绝于耳。

很容易把这想成是诅咒、执念或者束缚。

然而，在那声音和热气中有种特别美丽和安详的东西。

宫坂在母亲去世后，现在心情怎么样呢？

我想，他置身于那家店的书本香气当中，若是跟我听到嘶嘶声一样就好了。

我自己感觉，恋爱的人到了这个阶段总是会带有非常纯粹的想法。一味笼罩着对方的光，虽然会在某处遭遇挫折，但那时重整旗鼓，就有可能像我父母那样得以完整，那是男女之光。

正如夕子所言，我好像是恋爱了。

坠入爱河的状态，在恋爱之前是绝对想象不出来的。

就如同从心底里升起甘美的蒸汽一样。它好像支配着自己的步态、想法、表情和所有的一切。

“今天，有人来谈收购咱们店铺的事。”

那天晚上，爸爸在打扫店铺的时候嘟囔了一句。

“啊？”

我说。

进一表情凝重，正往洗碗机里放着盘子。

“想买咱们这里和路边的山川家，说是要把临街的两栋房子买下来好建大楼。他说山川已经同意了，就看咱们家了。可是山川为什么会同意？这跟我有关系吗？我不明白这些。那些人说的道理我完全不懂。”

“怎么办呀？”

我问。

“只能尽量坚持啦。反正，我是不想卖。”

爸爸说。

爸爸虽然没多说，但我很清楚，他并不是为钱坚持。

“那，咱们家不同意的话，他们不久就会选别的地方建楼房的。”

爸爸很镇静，所以我也稍微平静了些，但还是想，拆迁的事这么快就逼到眼前了呀。

一想到这里有可能消失，在此度过的每一天就显得熠熠生辉。店铺里处处保留着妈妈的影子。我知道，由于堂屋跟店面以及进一的小屋都建在狭小的土地上，要是改建的话，受建筑基本法的限制不可能建成跟原来一样的房子，而且我也知道不可能有一成不变的事物。但我还是希望，这变化尽可能晚一点、慢一点。

有关土地开发的话题已流言四起，这个区开通了新地铁，一栋栋公寓不断建成，人们也纷纷蜂拥而入。总有一天廉价的汉堡和牛排连锁店也会对我们形成威胁。

“如果要搬的话，把家和店面都缩小点也好。”

爸爸说。

进一默默点了点头。

我被这一对组合呵护着，因此也总想尽可能为他们制造欢笑的场合。

“搬家之类的，夕子行吗？”

进一说。

“也许可以吧，不过会很辛苦啊。”

爸爸说。

“所以还是想尽量留在这个区。”

进一说。爸爸点头。

真是迅速得出结论的两个人，我真佩服他们。是干脆利落？还是头脑敏锐？

“小进，我去看夕子了。”

我和进一一起在外面，一边收拾打扫店铺门前，一边对他说。

关掉招牌的电源时，总觉得一次人生终结了，天天如此。

“啊，她一定很高兴啊。”

进一笑眯眯地说。

“夕子跟以前一样精神。”

我说。

“她呀，是因为喜欢小美啊。”

进一笑着说，

“她总是说，因为有小美和伯父，因为觉得他们都是好人，所以才和进一结婚的。”

“怎么会！”

我笑了。

我们俩总是嘴上一边聊着手里一边干着，我觉得这样特别好。擦拭桌子，添加餐巾，收拾刀叉，把一切归置妥当。以我们油腻疲愈的身体和奇妙澄澈的内心，来整理店铺和心灵。

每天都能够像这样目标明确地生活，是因为爸爸和妈妈为我整理好了这块地方吗？抑或是因为身边有这样的人们？我不知道。或者是有更大的力量在发挥作用吧？

有时我会突然产生被某种东西包围的感觉。不是妈妈，而是更为巨大和遥远的事物。它化作朦胧而清爽的空气降临，如果不是每天动手劳作就不会感知得到。当我像狗狗抽动鼻子那样努力去嗅闻时，便在上方感知到了它的存在。明明是在上方的感觉，但不知为何在我的内部也有同样的感触。当我回过神来时已经被某种巨大的事物柔柔地笼罩其中。

这时，黑暗中突然出现一个人影，我和进一都吓了一跳，但马上知道了他是谁。

“你来干吗?”

进一问。

“没什么，来看一眼。因为已经到了附近。”

那位叔叔笑嘻嘻地说，他穿着灰色的夹克，很不起眼。他就是进一的亲生父亲。

“进一一直得到你们关照，我偶尔也得来看看嘛。”

进一的父亲丢下母子俩离家出走后，因遭遇车祸而无法再继续当牙医。听说那时候他得到了一笔数额可观的保险费，又置有房产，现在还接受区里的援助，日子也还过得下去。当时同居的女人早就跑掉了，现在他一个人生活。

“有现成的汉堡，要不要吃点？”

我说。虽然已经打烊，但是店里还有几位顾客。

“没必要跟他说这些，因为他只说来看看。”

进一说。我觉得他这方面真像个孩子。这不是没办法吗？他是你父亲嘛。不过一想到他迄今为止的各种感受也就觉得理所当然了。所以我什么都不便说了。

“那，我也想见见美津子的父亲，就一会儿……”

进一的父亲说。

他鞋底的磨损、衬衫的过时、寒酸和肮脏都令人感到悲哀。想到他原本应该是个注重穿着、心高气傲的人，就更加觉得难过。只不过我居住的这个区里店铺和人事都日新月异，对这类事也已经司空见惯了。因为这里绝非富人的聚居地。

“啊，宗一先生，好久不见了。”

爸爸说。

“打扰了。”

进一的父亲在最边上的座位拉出椅子坐下，发出了很大的声响。

那声音仿佛在说，我没打算付钱，不付钱也可以的吧。即便如此，他的肩膀的形态和板直的腰身都很像进一。从后边的角度看，脸颊也一模一样，这真令人感伤。

进一显然很不愉快，但他的态度并不冷漠。他板着脸身体微倾，在父亲面前的座位坐下。那样子就像是要在这寒碜的氛围中保护我们一样。

我端上一杯水，正要对爸爸说“给他做个汉堡吧”，爸爸已经捏好了肉馅，正在给铁板加热。

我在收款台给最后的一桌客人结完账，店里就只剩下家里人了。我去关掉外面的灯，轻轻擦拭招牌，然后吃力地搬进店里收好。

进一的父亲总是这样在我们忘记他的时候出现。

像可怜的小动物一样畏缩着来找我们。我真想使劲摇晃着他说，叔叔，进一一直就只有一个愿望啊，无论是强撑着也好怎样也好，总之只要他付诸行动就会很快实现的。但要改变一个人是不可能的，所以我沉默着。

他不停地抖动着脚尖，那双过去买的看样子很高档的尖头皮鞋已经变得破烂不堪。店里已停止播放音乐了，只有煎汉堡的美妙声音在流淌。

差不多煎好时，我刚向柜台走了几步，爸爸就端着盛放汉堡的盘子从柜台里走了出来，一边说着“我来拿”。我拿着米饭和酱汤跟在后边。

“我家虽然穷，但汉堡随时都够。”

爸爸说。进一的父亲稍微笑了笑。这种情况爸爸绝不会在钱的事情上为难进一的父亲。我一直对爸爸这点引以为豪。爸爸只是不想给对方造成负担才这么说的。

偶尔也有客人付不起钱却又无论如何想在这儿吃顿饭，爸爸也总是这么说。

那时候，我觉得爸爸真是很有修养的人。

“那我不客气了。”

进一的父亲说。我和爸爸离开他的座位，开始忙着收拾。

店里客人还在用餐时绝不开始打扫，这是我们牢牢遵守的教导。进一也已养成这种习惯，所以他只是无所事事地坐在父亲旁边。我从中体会到，这已是进一竭尽全力的感情表现了。而进一的父亲满脑子只有自己，因此岂止是领会不到进一的感情，就连汉堡的美味或许都减半了吧。这真令人惋惜。

在理想的世界，在我想象中的梦幻国度，进一的父亲穿着虽然便宜却更加清洁简素的衣服，脚上是轻便运动鞋。他直视着进一，以自豪的目光凝望着进一劳作的身影，他的脊背没有弯曲，端端正正地坐在椅子上，一边慢慢地品味汉堡一边称赞好吃。他要求按价付款。他用全部的身心传达出这样的信息，虽然迄今为止做了很对不起进一的事，但绝不曾忘记进一。

但这里是现实世界，就连各种负面事物都可以随心所欲地选择，因此梦想难成。

战战兢兢、匆匆忙忙吃着汉堡的叔叔，跟他面前的这位青年似乎并没有什么缘分，我只看到了这样的形象。进一对那份失望的慢慢咀嚼和体味才正是他的感情所在。这么一想，跟他交往日久的我明白了，这并非进一发自内心的行动，而是他看到了我父亲以及母亲的待人接物，也想要学着这样做吧。

我父母除了勤勤恳恳经营店铺之外，并无其他长处，他们心无杂念，也绝没有表现过“尽可能多赚一点是一点”的想法。在商业街抽奖时如果抽中了昂贵的点心，也马上分给排在后边的孩子们，他们就是这样的人。

在我呆呆地想着这些的时候，进一的父亲就像吃着毫无味道的饭菜一样把汉堡和米饭、酱汤囫囵吞下，一扫而光，然后说了句“谢谢”。进一点了点头。

“小进，太太好吗？”

进一的父亲问。

“嗯，没什么变化。”

进一小声回答。

“最近，我因为车祸的后遗症，视力下降了，报纸也看不清了，所以也没有认真看求职栏，基本上多数时间都在房间里看电视。”

进一的父亲说。

进一无声地点了点头。

“每天惦记的事就是早起。日子不好过了，没有舒服点的工作可干。晚上喝一杯便宜的葡萄酒就是最开心的了。”

进一的父亲说，进一默默点头。

“你住的公寓房租贵吗?”

“一个月十二万。”

“是吗？……真是我住不起的豪宅呀。现在，我必须得搬家了，所以，要是有便宜的房子，就告诉我一下吧。”

这也是惯常的对话。话题每次都是朝着同一个方向。

过去我总为进一是否会爆发而提心吊胆，但他结婚后，遇到这种情况就不再一次次地焦躁了。大概是因为有了要保护的人而不再那么有棱角了。

“比如，因为马上要拆迁，这几年就基本免了房租一类的，如果有了这样的地方，能跟我说一声不？那样的话，我就可以把现在住的地方卖了，搬到那地方去，这样就可以维持一段时间了。”

“唔……你差不多该回去了吧？不好意思，得关店了。”

进一说。

“我知道，谢谢晚餐。”

进一的父亲从座位上站起来，进一从口袋里掏出几万日元，塞进父亲手里。

就这次，希望不要收下啊，我心里祈祷着，几乎到了眉头发疼的程度，但他每次都收了。

几年以前，这几万日元都是爸爸拿的。爸爸说很感谢他让儿子到自己家来，甚至还让他继承我们的家业，因为有这种心情所以才这么做的。爸爸还说，他很困难，又不是天天来，也就是在来的时候请他吃顿饭，给点零花钱而已，毕竟他和进一是血脉相连的父子嘛，总不能赶他走啊。

进一在店里干了一段时间之后，断然对爸爸说：“以后我自己能拿多少给多少，请您别再给我老爸钱了。”

进一的父亲把收下的钱窸窸窣窣地塞进口袋里，对爸爸点头招呼了一下，吧嗒吧嗒地回去了。在秋季澄澈的空气中，消失在了周日夜晚慵懒而略带寂寞的世界里。

唉，进一叹了口气。

“我真是烦透了这个剧本。”

进一嘟囔着说。我也点头，表示理解。

爸爸若无其事地继续收拾着。每次遇到这类叔叔阿姨，爸爸总说“任何人的一生中都会有几次走投无路的时候”。

像咱们家，在最初三年也一直很萧条，我总跟你妈妈一起玩奥赛罗①之类的游戏。有了小美之后，店里一下子热闹起来，你妈妈常说这小宝宝是个福星呢。

爸爸经常眯起眼睛，无限怀念地这么说。

我问，那种人，什么时候才会改变呢？爸爸说，与其带着这种期待去为他们做什么，还不如不要期待呢。

然后就沉默地开始工作。爸爸的工作总是以同样的节奏进行。每次回到家，爸爸就一只手拿起一罐啤酒在榻榻米上消磨时间，用很大的音量播放老歌或乡村音乐，那样子就是一个不修边幅到难以置信的普通的乐天大叔，但是他一到店里就开始不停地做事。那勤

---

① Othello，日语为“オセロ”，即奥赛罗棋，又称黑白棋或反棋（Reversi）、翻转棋，是借用莎士比亚著名悲剧《奥赛罗》命名的。游戏通过相互翻转对方的棋子，最后以棋盘上谁的棋子多来判断胜负。

勤恳恳的动作就像是在磨炼着某种内在的东西。如同武馆中擦拭地板的习武之人。

我丝毫没有从爸爸身上继承那种匠人的气质，我的烤肉技术也只不过是跟朋友们去吃烧烤时能受欢迎的程度，但是我觉得自己从妈妈那里接过了圣火。

那就是莎乐美的形态与色彩。

坦率地说，那圣火就是带来欢乐的事物。即使实际上很吃力，但我仍然如嬉戏般地遨游人生。爽朗地向面带苦涩的人打招呼，发散出闪烁的光亮。

当人们的面容如同沐浴着阳光一般明朗起来时，我就感到他们的表情跟在妈妈面前的人一样，一想到这，心头就有一股暖流。我收获着，也保留着。

在临近中午的时间走过宫坂书店，那里已经开门了。此前也曾偶尔进去喝杯咖啡，站着跟阿姨聊几句。阿姨去世后，我曾想里边的那个专区是不是没有了，但看样子似乎并未撤销，于是我进了书店。午餐时间之后自己身上会有很重的油烟味，所以以前我总避免在白天去书店，但现在没关系了。

我拿着一小束白色的菊花，从自动门的阴影处悄悄往里看。

宫坂如往常一样在店里，麻利地煮着咖啡。伯父也许去批发图书了，不在店里。

“请进。”

宫坂从里边向我招呼。

“你好！”

我说着，把花束递了过去，

“请把这个供在灵堂吧。”

“谢谢！”

宫坂坦然地说。我脸红了，忽然对自己的油烟味很是介意。

“开店，很辛苦啊，因为在伤心的时候还得营业。”

我说。

“不过，也可以分散注意。而且妈妈也只有这里可来。所以，这花摆在店里也行吧。”

宫坂说。

我点点头。

宫坂从架子上拿下来一个漂亮的白色圆形花瓶，看样子很昂贵，他往花瓶里倒上水，把花插了进去。

“好漂亮的花瓶。”

“这也是妈妈很喜欢的，是白瓷的。但好像并不是特别好的东西。”

宫坂说。

“我是完全不懂。我家的花瓶，是瑞穗银行的赠品。”

“挺好的呀。”

宫坂微微笑了笑。

我心想，你要一直这样笑，再也不要像那天那样哭泣了。

但我马上知道这不可能。他肯定每天晚上都哭。因为眼眶肿着。当初我也是这样，所以很明白。那段时间只要看见家里的物件眼泪就会不时地涌上来。

我试图安慰宫坂，也是想要安慰那时候的自己。连自己也有了从失去母亲的伤痛中稍微获得拯救的感觉。

书店里静静地低声播放着广播里的古典音乐，空气中飘浮着纸张的香气。还有好闻的咖啡香气，咖啡机噗噗的声音，也是一种幸福的回响。跟我家一样，这个家里，也保留着母亲遗留下来的东西。

“你喜欢什么样的书?”

我问。

“摄影集吧。我以前去摄影专科学校学过，想当摄影师来着。在长野的时候，也曾在影楼工作，给很多家庭认真地拍过全家福。”

他说。

“那些知识肯定能在书店派上用场。”

我说。

我心想，不要有任何客人来就好了，叔叔也先别回来。我渴望看到流淌在两人之间的美丽清流。

“愿意的话来杯咖啡吧。”

装在纸杯里递过来的咖啡热气腾腾，非常美味。

“真好喝，这是哪里的豆子?”

我问。

“车站附近的咖啡豆专卖店。巴西豆。”

“我跟爸爸说，以后我家也用这里的豆子。”

我说。椅子很高，所以我晃荡着双脚。

“真好看，你的腿。”宫坂说，“又长又细，好可爱。”

他看起来不像是会说这种话的人，所以我又脸红了。说不定他出乎意料是个花花公子呢。虽然我把脸埋在薄薄的围巾里，想要遮掩过去，但感觉好像一切都被宫坂尽收眼底。

单身有房，将来要继承书店，擅长摄影，知性，今后会一直待在书店里……虽然这些都令我高兴，但他一定很受女性青睐吧。而且肯定是能跟他一起经营书店的女性更合适。可是我呢，还有JU-JU。

刚刚陷入有点气馁的心绪，有客人进来了。

一位奶奶来办理预约订书业务，宫坂虽然对她话语不多，但亲切有礼。比如在把书递给奶奶时并没有因为惦记着下一件事而眼睛看着别处。也没有为了催促快点付款而转向收款台。那动作非常像他的母亲。我心想，这个人也从父母那里接过了圣火啊，虽然那并非目力可见，但永远都不会消失。我喝完咖啡，心满意足地买了本杂志，走出了书店。

我边走边想，这满满的心绪是什么？是过去未曾体验过的心情，是某种东西第一次变得圆融的感觉。无论遭受怎样的辛酸都无所谓，要尽可能不破坏这份圆融，尽可能保持长久。

爸爸像往常一样，在起居室一边喝着啤酒一边听大音量的乡村音乐。爸爸唯一的奢侈享受就是在 Bang & Olufsen① 的高档音响前的幸福时光。爸爸一次性付款买下这套音响时，妈妈生气地说应该先修地板，那情景也令人怀念。看到妈妈那编成麻花辫子的头发都气得像莎乐美小姐那样几乎要倒竖起来，我不由得笑了。妈妈看到我笑也就松口了，说算了吧，这是爸爸唯一的乐趣呢。

我洗完澡，穿着睡衣，头发用毛巾裹得严严实实，光着脚晃来晃去。已经是光脚会感到冷的季节了。因为在恋爱，我敷了面膜，护理了头发，去了脚上的角质，比平时更加光洁滋润。

“你的头发，跟妈妈一模一样。”

爸爸说。带着泫然欲泣的表情。

我从未料到爸爸那么能哭。以前一直觉得爸爸阳刚而坚韧。实

---

① 音响品牌，简称“B & O”，1925 年由两名年轻的丹麦工程师 Peer Bang 和 Svend Olufsen 创立。

际上，从医院到入殓，爸爸一直泣不成声。当时我想，爸爸是不是崩溃了。

“因为这种包法，是妈妈教我的。窍门是要紧紧地卷得小小的。要是卷得太高的话，会很重。”

我以温柔的语气说。那时妈妈一边故意露出牙齿笑着，一边把我和进一的头发用毛巾卷起来包成同一个样子。我想，将来有一天我也要这样给自己的孩子包头发。

“这些，好歹给我们留着吧。”

爸爸说，

“看样子，就算挪开一点位置也还是要建高楼，在咱家旁边。要是不挡阳光就好了。生意不好做呀。”

“啊？邻居们都要搬走吗？都是老主顾啊。”

我说。

“不是，说是让他们搬到大楼的某一层去住。反正，也许这样一来他们不再来找咱们也可以建楼了，也算躲过一劫。不过咱家后边住着一个单身老人，再后边是杂居的公寓，说不定什么时候就又有人来谈呢，拆迁的事。咱们家因为是自己的土地还算可以，但其他人的土地都另有主人啊。将来咱们被大楼包围起来，小店就该看不见了。反正，咱家现在只有两个人，也没必要这么宽敞。咱卖掉一半，搬到附近去也行吧？虽然会变窄一些。”

爸爸平静地说。那种平静让我彻底放松了。

尽管那么消沉，但完全没有想过歇业，多么坚实可靠的爸爸。消沉时就那样消沉着，一声不响地忍耐着做自己能做的事，这是我从爸爸身上得到的感受。

“真无聊啊。把杂乱的建筑和住在里面的杂乱的人一起清除掉，盖起大楼，招来外面的人，引进全部一样无聊的店铺。大家中午就在那种无聊的店里吃饭，跟店员一句交谈都没有。这有什么乐趣呢？我这一代人真是不理解。”

爸爸说。

“我也不理解啊。不过我觉得人并不那么容易改变。”

我说。

“有钱能使鬼推磨呀。”

爸爸说。

“可是这个家还有这个店，到处都是妈妈的回忆。”

我半带哭腔地说。

“没关系，妈妈留下的东西不会消失。”

爸爸说。

“我只是先做好心理准备。”我说，“还是，尽量拖延吧。女人最看重的就是家了，妈妈一直很在乎这里，所以我也想这样。”

爸爸点了点头。

“不过，现在在这个家里很难过啊。每天都很难过，因为妈妈不在了。但是既然你这么说，就坚持保留下去吧。说卖掉，也有一种想忘掉一切的想法，但想忘掉也并不容易啊。”

过去曾经不务正业的爸爸不会有长久的烦恼。一旦决定则就此打住。我知道，妈妈觉得爸爸这一点很值得依靠，但同时也令人寂寞。

“等有假期了，想去趟轻井泽。”爸爸突然说，“妈妈去世前，说过想去一家叫做星野屋的高级旅店。那里要是不连续住宿就会很亏，但我们一直没有假期，所以最后没能去成。妈妈说想参加‘鼯鼠之旅’，去看看鼯鼠①。连报名材料都拿来了，真的打算报名呢。

---

① 鼯鼠，松鼠科的哺乳类动物，夜行性，在体侧、四肢和尾巴根部长有发达的膜，张开后能在树木间滑翔，分布于中国、日本、朝鲜半岛。

你看。”

爸爸从电视机旁边杂乱堆放的各种广告宣传材料中，一下子抽出了那个小册子。一定是在妈妈去世后无数次地怀着懊悔翻看过吧。

“像妈妈的喜好。”

比起旅店的豪华和菜肴的考究，妈妈更多的是受到鼯鼠之旅的吸引，我无比亲近和充满怀念地感觉到了妈妈，扑哧一声笑了。

接着我想，等等，最近好像听到过同样的话。然后马上明白了，那就是宫坂夫妇每年都去旅行的地方，毫无疑问。事情往往在无意间发生联系，这种事常有。

“因为你妈妈就是喜欢动物。以前，第一次跟你妈妈约会的时候，我被带到一个奇怪的商店。那个商店在中野，里边都是奇怪的动物。狼蛛啦，生吞老鼠的猫头鹰啦，像树懒一样在睡觉的家伙啦，全是这些，我一直战战兢兢不敢动弹，可是妈妈跟店里的人聊得特起劲儿，还伸出手去给奇形怪状的狗熊似的动物喂东西，幸福地笑个不停。虽然我心里想，好奇怪的女孩儿，但是看到她那么开心的笑容，一下子就着迷了，谁都会被迷住的。她不管多冷的天都要去上野动物园，我真是服了。

妈妈说那家旅店的温泉很赞，又有在大自然中散步的行程，去看看吧？是宫坂书店的太太给妈妈推荐的。说起来，宫坂太太也已经不在了呢。总觉得这一带也越来越寂寞了。”

爸爸说。

“可是爸爸还活着呀，希望爸爸一直活下去啊，所以妈妈忌日的时候去吧。得存钱啦。”

我说。

每年都去高级旅馆住上几天的一家人，那个家庭的儿子……想到我们的世界如此不同，我就觉得有些伤感。

他家店里的摄影集，有很多都一万多日元一本。还有很多英语书。他肯定能很顺畅地读那些书吧。因为我们地位不同，或许我不该喜欢他，这么想着，我像是被风吹到一样感到一阵发冷。

为什么，同样是人却会地位不同呢？明明就在近旁。

我从来没有为自己是牛排店老板的女儿和学历不高而感到羞耻，然而，我们身份不同这件事还是略微刺痛了我的心。这就是恋爱啊。明明因为不同而喜欢，却又因为不同而无法触及。

尽管如此，每周几次在午后的自由时间去宫坂书店，已经成为习惯。我本来也喜欢书，跟散步结合在一起，感觉很自然。

我跟进一的孩子流产了这件事，在左邻右舍早已尽人皆知。因为那家妇产医院就在附近。

所以，已经没有任何让我害怕的事了。

我好像是要恋爱了，这无论从哪方面来看都显而易见。

而且，他好像也要爱上我了，这也同样明显。

两人一起喝咖啡，借阅喜欢的书，在新刊专区选书，当我们做着这些的时候，流动在周围那紧张而又感伤的空气，散发着比咖啡更为芬芳的香气。每次看到他睡乱了的头发，就忍不住想要悄悄伸手去抚平。他的毛衣上，有一种阳光下的狗狗那样好闻的气息。

神啊，请不要夺走这小憩的片刻。

在阳光灿烂的耀眼场所，被许多书架静静地守护着，我们两人的脸颊在闪烁飞舞的尘埃中时而迎光时而背阴，这样的时光，我一生都不愿忘记。这就是恋爱，与生活完全无关，感情的发展令人欣喜也使人哀伤。

妈妈曾说，这种时候会感觉胸口像要胀裂，完全无法思考，如果在这种感觉结束之后还一直在一起的话，那种被更伟大的事物包裹的珍贵的寻常日子就会降临。进一也说过类似的话，应该没什么好怕的。

我知道美妙的事情正等待着我，我想要像醉酒一样陶醉于爱情，逃离各种状况。我们都失去了母亲，只看见珍爱的人离去之后的空洞，我们都渴望沉浸在这淡淡的幸福之中，恰如在艰辛的登山途中看到了一小片花田。

因此，一天只见面十分钟，这样就好。

要是妈妈在的话一定会对我说："你这么说的话，他会被人抢走的，必须行动啊！"

找妈妈咨询恋爱的事非常愉快。妈妈回忆起这样那样被人追捧的日子，脸颊泛红，就像个女学生。我们一起躺倒在地毯上，支着脸颊，啪嗒啪嗒地拍打着双脚聊天。旁边总是放着热饮，还瞒着爸爸。

每次想到这些情景，胸口就会因为过于思念而仿佛快要裂开，但是，最近在回忆妈妈的时候，我开始只浮现笑容了。

时间，点点滴滴地积累，有一天我也会到妈妈那里去。

当站柜台有点疲惫、感到目眩时，我总是想：“妈妈以前也是这样，这是妈妈走过的路。”

我感到，这是与所谓某一天将会死去完全相同的一条路。因为妈妈就在前边，所以这条路并不可怕。

当夕子打来电话说“陪我去医院”的时候，我着实吃了一惊。因为我无论从她本人那里还是从进一那里都听说过，她身体有各种各样的问题，估计要不了孩子。

“没搞错吗?”

我说。

“用验孕试纸查了。”

夕子小声说。

于是，我们约好一起到医院碰头。

在医院大门前的榉树那里，夕子脸色苍白、怯生生地站着，简直像幽灵显现。

这家医院有我们这个区最值得信赖的医生，当初我去的正是这个妇产科，所以各种恐怖的情绪重新泛起，使我心情灰暗。

不过最重要的是，我能够以令人惊讶的劲头，拉着走出家门的夕子踉踉跄跄地走进医院。

我到底在干什么呀，自己在这里明明没有任何美好的回忆。

我试图彻底忘却的那一切，贴在就要坏掉的椅子上的胶带、摆放在前台的木偶、放置婴儿床的地方，全部刺入内心深处，令我疼痛难当。那时候因过于恍惚而未能感觉到的痛楚，似乎悄悄地隐藏在了某处，如同静静地安置在了一个带有美丽衬布的盒子里。

夕子一如既往地带着一种飞扬的自信，但缩得更加细小、单薄，看上去比平时寻常普通得多。

她是那么柔弱，以致我不由得想说，别那样垂着眼睛，没有什么可伤心的。

“我，偶尔能看到自己活生生的前世。”

坐在候诊室的椅子上，夕子这话来得过于唐突，使我大吃一惊，一时语塞。

“干吗在现在这种时候说那种事。”

我说。

在人造革沙发上，瘦小的夕子继续说：

“很久很久以前，在缅甸有一所学校，专门培养‘能够亲吻眼镜蛇的少女’。在那所学校的两年期间，有百分之五的少女会死去，但更糟糕的是，毕业生的平均寿命也只是毕业后五年左右。不过，有了能够在众人面前亲吻巨大的眼镜蛇而不被咬的技艺，就可以赚很多钱。我，以前就在那儿。”

“是，是这样啊。”

我说。

“我还非常清楚地记得嘴唇碰到冰冷的蛇身上的感觉，还有‘糟糕，终于轮到我了吧，失败的话就会死掉’的那种感觉。我，就是从那所学校正式毕业的，成了杂技团的明星，赚了相当多的钱，很走红，可是，还是死掉了。虽然努力活了五年以上，但没能活到三十岁。”

“为什么现在说这种事？”

我皱着眉头说。

“想分散一下注意。”

夕子很平常地说。

“根本分散不了啊。”

我说。

“是吗?”

夕子抚摸着肚子说。

“你怎么会想到那种奇怪的事情?”

我问。

“昨天，我做了个梦。到现在已经梦见过很多次了，非常清晰的梦。梦里的感觉是，我很喜欢眼镜蛇，疼爱它，不怕它，但还是担心有一天我会失败而死，不过没有其他的工作，也没办法。后来，我就上网去查。结果还真有那样的学校。就是这样，真的有了。所以我才确信了。”

夕子淡淡地说。

“就算这样也是一场悲伤的前世呀。”

我说。

“不过，跟我还是挺吻合的吧?”

夕子说。

“嗯，说实话，太吻合了，都没法怀疑。”

我说，

“不过，反正这一带没有眼镜蛇。放轻松吧。”

这是我真实的心情。我觉得自己真是个天才。无论从何时何地来看，我都觉得自己找到了一句最合适的鼓励的话。

“是啊。已经没有眼镜蛇了。”

夕子说。

我心想，以前真不知道夕子是这么普通的人啊。

我以为，烦恼、痛苦、恐惧之类，她都不会有。

这时，诊室开始叫“夕子小姐，请”。

“好害怕呀。”

夕子用她那冰凉的手握住了我的手。

“我等着你，别怕。”

我说。

等待夕子期间，我艰难地做着自我调整。时间在我的内心任意地穿梭往返，令我透不过气来。

但是，当我想起那时候有妈妈陪我一起来时，泪水就扑簌簌地落下来，有什么东西融化了。我怀孕和流产的事妈妈都没有告诉爸爸，处理过程中她一直照料陪伴着我，还带着进一到医院来接我。

妈妈对进一说，小美心里难过，好好照看她哦。

我回忆起，那之后妈妈和我两人到坡上的寺庙去供养夭折的胎儿。

“没办法呀，因为现在还不是时候。”

做完供养回家的路上，妈妈一边抬起手臂向背后伸展一边这样说道。

我还记得寺庙里的紫阳花正在盛开，那艳丽的色彩平复了我的心。

“已经尽力而为了，也深思熟虑了。”

“妈妈也有过同样的经历吗？”

我问。

“有啊，还非常年轻的时候。”妈妈说，“那时，很伤心啊。即使心里松了口气，但身体还是难过。因为直到刚才，宝宝还在这里。”

“虽然也想过再努努力。”我说，“但不行啊，还是不要再期待了吧，对进一。”

“可能会有一段时间没法回到从前。”妈妈说，“有这么大的伤害，谁都不知道能不能克服，也说不定各走各的路会更好呢。”

“要是我和进一结了婚，妈妈会不会有点儿为难？因为我们就像兄妹，您会不会感觉不舒服？”

我问。

“不，不会为难的。”

妈妈露出牙齿笑着，看着我，

“只要是依着小美的意愿结的婚，怎样我都高兴，即使对方是狗熊或者大象。”

“是嘛。”

我放心了，然后轻轻摸了一下变得空空的腹部。

“现在，一切从头开始，要轻松起来哦。首先，满满地呼吸空气，让自己从容起来。”

妈妈说，“去吃冰棍吧。人生，总会有这类事情的。”

我和妈妈在陌生的街道走进一家便利店，两人买了同样的“嘎哩嘎哩君”冰棍①，边走边吃。

---

① 原文是“ガリガリ君”，日本非常著名的一种冰棍，因便宜好吃，销量很大，有“日本国民冰棍”之称。

因为哭得太多，甚至感觉世界都要终结了，已经流不出眼泪来。只有某种事物业已结束的感觉依然在飘浮着。家人共处时的欢乐，孩提时代的欢乐，全都变了，傍晚的天空明显地昏暗下去，令人感伤。

妈妈和我手拉着手，一起唱着妈妈喜欢的奇怪歌曲往前走着。

总会有什么办法吧～

你无可奈何～

你一生不会改变～

大海没有鲭鱼～

越唱越感到绝望。从业已绝望的心底看到的夕阳，有着不同寻常的美，冰棍在口中甘甜而冰凉地融化开。尽管一想到再也无法回到此前的生活中了，就希望一切都消失，但是不知为何唱着如此消沉的歌曲却得到了慰藉。我开始感到，没关系，总会有办法。

现在回想起来，妈妈为什么那么爱唱那首歌呢？

她明明没有无可奈何的事情啊。

还有，妈妈为什么那么狂热地、奉若圣典般地阅读莎乐美的故事呢？

到处都是无可奈何的事情。

这就是人生。

这句话突然浮现出来，我下定了决心。

好吧，既然如此就这样吧，正因如此，就好好看我的吧。即使一厘米我也要抗争下去。

嘴里哼唱着这首无可奈何的歌曲，手上拿着莎乐美的书。

我这一代也要一直把JUJU经营下去。

我怎么忘了，那时候，从第一次到医院妈妈就一直陪着我？她听说我怀孕时，生气地说："你们明明还承担不起责任，就那么随心所欲了！"但她还是担心我，一直坐在这里等着我。我一想起那时候妈妈臀部的形状，就开始平静下来，觉得轻轻贴在窗玻璃上的枫叶好像在对我说"现在就是现在哦"。

那时候妈妈火冒三丈，却仍然哼着歌，这着实让我吃惊。

比什么都重要的是宝宝啊，那是将要降临的生命。

那形状美丽的叶子使我这样想。

在恰到好处的时间，宫坂的短信来了。我一看，

“我收到了点心，来吃吗？”

短信里这样写着，我彻底放松了。

此刻，我觉得自己是多么的幸福。比过去坐在这里的时候要幸福得多。

不过，那时候虽然自以为沉沦在不幸的深渊里，但其实有如今已经不在的妈妈陪伴，所以这意味着我一直都是幸福的。

我就那样坐着茫然地望着窗外。那表情肯定像满盈笑意望向天空的莎乐美那样愉悦。

诊室的门开了，惨白的夕子飘然而出。她的裙边飘动着，像摇摆的植物。

“没事吧？”

我站起来扶着夕子，直到她坐下。

“呀，现实世界充满了冲击啊。器械啦，大夫的手啦。啊，太吃惊了。”

夕子以细弱的声音说。

“怎么样啊?”

“大夫说已经有了胎囊，心脏也长成了。”

“恭喜呀!”

我说。

“对不起。”

夕子说着，紧紧握住了我的手。

“对不起? 哪有什么对不起呀。这是喜事呢!”

我说着，迅速地给进一发了短信。

十分钟后，面无血色的进一踉跄着跑来了。

夕子没说话。

进一紧紧地抱住了夕子的肩膀，两个人仿佛合二为一，成了小小的一块。他们就这样保持着一体，在反复向我道谢后，进一骑车带着夕子离开了。

加油啊，准爸爸和准妈妈，你们那状态能行吗? 不，一定能行的。

这傍晚的天空、澄澈的空气、天上的第一颗星星，一定会在回家的十五分钟路途上，把他们培养成为爸爸妈妈。

我在枫树枝下，一边兴奋地目送他们远去，一边这么想。

去喝杯热茶，吃点儿点心，如果他忙的话，帮着开开小票也挺好吧？傍晚的书店会挤满下课的学生，也可以帮他看着有没有偷书的人吧？宫坂好像说过，比起末流学校，那些名校的孩子反而更容易偷书。

这种时候，能有可去之处真是太好了。这么想着，我踏着沙沙作响的枯叶，向宫坂书店走去。

再见，我的青春。我那青春岁月中，略带哀伤的心。

当新成员来到时，又会在自然之流中发挥新的作用。会听到在店铺里跑来跑去的小小足音。会再增加一个用我家汉堡养育的孩子。未来被包裹在熠熠生辉但此时还无从目睹的光亮中，这个过程就像醒着的发面团一样甘甜起来，膨胀起来。妈妈生前一直做着的事情，在她死后，也不会结束。

那是个心情不愉快的傍晚，怎么这些人全部都在？

大川为了杂志的宣传来我家采访，很多人聚集过来围观。

JUJU 经常接受采访。作为城里商业区的著名汉堡老店。

特别是以前妈妈还在的时候，妈妈曾经当过模特，习惯在人前说话，是店铺的招牌，那时候常有采访，还有电视台来录制节目。

妈妈去世之后，这是第一次有采访。

要是莎乐美出场的话，一定会精心打扮，展现自己模特的一面，但是我做不到，所以只穿着普通的衣服，不过认真地化了妆，来到店里。进一比平时稍微精神一些，爸爸则完全像往常一样揉着汉堡面团。

动作麻利的摄影师和助手、强烈的灯光和反光板都提高了现场的紧张感。大川也与平时不同，带着工作的神情做出各种指示。计划是由我代替那两个嘴拙的人来接受采访。

这时，宫坂一副全然不当回事的样子进到店里来吃饭，我略有点慌乱，向前迈了一步。

我们这个区是最棒的，区里的成员齐聚一堂，令人自豪。不存在奇怪的、能力差的人，无论是谁，大家都彼此依靠，互相帮助。

我甚至觉得，我们就如同水槽中的藻类，不，是像微生物那样，连成一片，合为一体。

尽管我们过着各自不同的生活，拥有彼此不同的侧面，但是我们紧密相连，不断扩大。臻于无限。

这种无限在小小的缝隙中无边无际地扩大着，因此虽然在外人看来只是个汉堡店，但是这个围绕着JUJU的宇宙实际上无比广大和浓密。现在它包容着全部的过去，跟宇宙间的星星一样，犹如充满了生命力的远古的海洋。

其实，无论任何人都是如此，但他们以为一旦被察觉，社会就无法维持，由此会带来困扰，于是便巧妙地隐藏在某一事物背后，很难发现。艺术家、汉堡师傅、科学家等等，总之试图揭开这个世界秘密的每一个人，都一直在不断地努力。这样一种追求的状态是最令人兴奋的。

大川同时打开了录音机和iPhone的语音记录，放在我面前的桌子上。

我被强光照射着。相比平时，店铺里灯火通明。

“现在，这家店铺已经开始进入第三代的经营。关于您过世的母亲，我想问几句。”

大川说。

“好的。”

我点了点头。

“我是模特出身的老板娘的超级粉丝，想在其他专栏也写篇关于她的文章，有什么逸闻趣事可以告诉我吗？”大川说。

我回答道：

“妈妈曾买过一个小牛的玩偶回来，做了一个供养的祭坛。每天敬奉线香，对玩偶说“谢谢”。这件事没人知道，不过我觉得妈妈的做法是合情合理的。对我来说，那可爱的行动就象征着妈妈。虽然妈妈也有随心所欲、华美亮丽的一面，但她给这个店铺带来了活力。如果这里只有老板自己经营的话，这家店或许就只是个顽固大叔开的味道不错的汉堡店而已。”

“你们有很多老顾客啊。”

大川说。

“对我们来说，即便不知道那些顾客在哪里、做什么，但他们在这里就像我们的家人一样。即使不盯着他们看，我们也能了解他们的心情，比如，“啊，今天精神很好呀”、“脸色有点不好呢”、

“也许在哪儿遇到不顺心的事了吧”，等等。老板会根据每位客人的状态，微妙地掌握煎烤的程度，或改变调味的方式。”我说。

“真的吗？”

大川带着惊讶的表情问。

“对，是真的。虽然我只能说那是一种直觉，但因为客人们一直在不断地光顾我们店，所以我们的判断大致准确，老板确实很关注客人们。我觉得对老顾客来说，那种被关注的感觉是很温暖的，老板也因此才会持续地煎烤而不厌烦。哪怕一份菜肴有所懈怠，都会后悔一辈子。但是，如果有客人没吃完剩下了我们也不介意，这是上一代留下的训诫。”我说。

“在你爷爷那一代这里还是西餐店吧？”

大川问。

“是的。我不清楚那时候的情况，不过听说好像是这样。据说因为现在的老板手不够巧，所以上一代老板就决定，还是精简菜单为好。老板跟妈妈认识的时候，正是日本的经济高速增长期。美国文化像梦幻一般涌进来。现在虽然一切都发生了变化，但在当时，这种情形就是人们梦想的世界。牛仔、流苏、圆木屋。淡咖啡和马克杯。乡村歌曲和西部音乐、冰镇瓶装啤酒。铁板上嘶嘶作响的肉块。老板和妈妈就带着他们的梦想生活在那样的时代。妈妈身为模特，是归国子女，爱做梦，本来可以过游手好闲的生活。但是，谈恋爱之后，她选择了以招牌老板娘的身份跟老板一起经营店铺的人生。仔细想想，妈妈的人生就好像一直被美丽的泡沫包围着，有时候会觉得简直像梦幻一样。我有一种背负着那个时代的感觉。上一代老板直到最后一刻都跟现在的老板一起在店里工作。因为他是过年的时候去世的，所以店里一天都没歇业。后来妈妈也是倒在店里去世的。我在想，要是我也能像那样离世就好了。我不像妈妈有那么好的口才，也不如妈妈活泼开朗，但人们会感觉到只要我来到店里就总是面带笑容。哪怕人生仅仅是这样，我也完全接受。”

我说。

“现在，第三代厨师已经上岗，请问有什么变化吗？另外，店里的风格还会不会改变呢？”

大川问。

“第三代厨师的优点，是精确严密。虽然他本来还没有熟练掌握煎烤的技巧，但因为一直非常仔细地观察老板的做法，所以从来没有失败过。另外，他还有精打细算的一面，总是要让所有的东西物尽其用。绝对不会因为眼前看到了什么就改装一下店面或者突然改变菜单之类的。老板和我，都对进一先生的这一点非常信赖。”

我回答。

“谢谢！”

大川说着关掉了录音设备，这时我几乎要流泪了。

因为宫坂在笑呵呵地为我“啪啪”鼓掌。

好像不来这里就见不着面一样，进一的父母总是到店里来找进一。如果去进一家里的话，有怪怪的夕子在，他们也觉得不好相处吧。

从这个意义来看，也许是夕子在保护着进一。

那天夜里来到店里的，是进一的母亲。

进一的父亲大概三个月左右来一次，想要零花钱的时候就来，他母亲大概一年一次。

遗憾的是，进一的父亲和母亲以前错过的各种事情不但没有了结，在某种意义上直到现在还在继续发展。

进一的母亲凡事无论好坏都不拘小节，当初对孩子撒手不管时也能平心静气地说：“反正，他在那儿的话随时都能见面。”或许是因为这种感觉，那冷淡的形式从表面上看起来很像夕子，这一点让我尤其难过。

“这里，对一个天天用油的店铺来说算是保持得相当干净了。”

进一的母亲以一如既往的语气说。

我还是挺喜欢进一母亲的。因为她的生活色彩有种奇妙的统一感。她眼角上挑，衣着亮丽，身材微胖。有着一种医务工作者特有的清洁感。

“您吃点什么？”

我问。

“小美越来越像妈妈啦，那两条细长的腿，跟妈妈一模一样啊。”

进一的母亲说。她从来没有过任何一点对于自己放弃孩子的罪恶感。

“来个汉堡吧。”

“好的。现在我就叫小进过来。”

我说。

进一正忙着，听到我们的话无声地摇了摇头。他母亲目不转睛地盯着另外两桌客人，等待汉堡煎好。那种无所顾忌的压迫感，让我觉得她真不愧是进一的母亲。她就像一个误入肮脏之所的人，尽量不碰桌椅，外套也没有脱。太有意思了，我甚至希望她做得更过分些。

汉堡一端上桌，进一的母亲就在转眼间一扫而空。那阵势简直让人想说，风卷残云。她并不是吧唧吧唧地猛吃，而是优雅地使用刀叉利落地吃完了。我看得出神。

“以前，人家就一直说我吃得快。”

进一的母亲说，腹部晃动着。

“真是完美的用餐姿态。”

我说。进一的母亲哈哈笑了。

“你说话真逗，小美。”

她边说边啪啪地拍着我的肩膀。

进一刚从厨房过来。

“哎呀，你变结实啦。是因为站着干活吗？”

他母亲马上说。

“是啊，每天活动量挺大。”

进一淡淡地说。

他出色地表现出既不阴郁，也不厌恶的态度。这也是进一值得尊敬的地方。

“妈妈都好吗?”

“有点糖尿病的征兆，但是小进做的汉堡，必须要吃呀。”

进一的母亲笑了。那是少女般的笑容。

我恨她，但是没办法厌恶她，进一一直这么说，今后也会如此吧。

进一的母亲以前就总说，孩子并不属于自己，在世界的某处抚养他，偶尔见见面就可以了，这样不是可以早点自立吗? 这肯定是她的真实想法。我妈妈总黏着进一，无论他去哪儿都担心得坐立不安，她们俩的生活态度正好相反。

“我附赠了五十克左右的肉煎的。”

进一笑了。

“这样会缩短寿命吧。”

“要是被小进缩短的，我就一点儿都不在乎。”

进一的母亲笑眯眯地说。

已经没办法了，我再次有了每每产生的这种想法。反正说什么都没用了，不可救药了。

“我们，真的走进不同的世界了。”

她发自内心地说。

如果是青春期的进一，或许会说，不是你抛弃了我吗？

或许进一不会每天烤肉，说不定会成为一名爱好登山的牙医。因为他的手很灵巧，这很有可能。

但是现在进一在这里，用他那富于弹性的肩膀搅拌着肉馅。他有妻子，有我们，有这个店，也有责任，他确确实实在这里。我从未像此刻这般坚定地想过。他的脊背诉说着一切。这里是养育了我的家，是我工作的地方。

“很开心啊。我很感谢这样的人生。”

进一说。

“看样子不是在挖苦？你的眼神。”进一的母亲略显寂寞地微笑着，继续说，“嗯，是认真的眼神。手艺人的眼神。”

接着，爸爸从厨房走出来，跟进一的母亲聊了一会儿经济情况、最近的行情以及进一的状态。

虽然这也是每次都重复的内容，但以前的这个场景中必定有妈妈的身影。妈妈也总是毫不拘泥地又是点头又是欢笑。在缺少了一人的场景中，两个人看起来都显老了。就像内部并无变化却只在外形上略微陈旧的东西。进一像往常一样默默地进了厨房，开始收拾。他的每个动作都渗透着细微的哀伤和怜爱。

在收款台，进一的母亲说“算我赞助”，要付一万日元。我边说别这样边要把钱退回去，但她执意不拿，飞快地出了店门走了。在夜路上，她头也不回地走着，那背影如舞蹈般，迅速地招了一辆出租车，转眼间消失在了远方。我在心里向她挥了挥手。

他们确实有各自不同的人生，明明并不相互厌恶，却走上了不得不分开的离别之路。

“既然反正都要来，干脆一起来多好。”

进一说。

“是说你父母吗?!”

我吃惊地问。

本来正在收拾，边擦桌子边聊天，但我的手停住了。

“是希望他们和好吗？”

我说。心想，他已经圆融到了这个程度吗？

但是进一摇了摇头说：

“怎么会，肯定不是啦。我是说，他们分开过来的话，怎么说呢，太累了。还得一个一个招呼。”

“要是这样，我多少能理解。”

我说。

一想到那两个人在有生之年一定是交替着来，就总是高兴不起来。觉得进一也可怜。要是能够彻底跟父母断绝关系倒也轻松，但他不是那种人。

进一好像对父母说过，希望不要到家里去，因为夕子不愿意，实际上是因为夕子有点怪，所以他们才只来店里。他们俩那形成对照的用餐方式和付款方式（虽然其中一方并没付款）每次都同样地上演和落幕。如同司空见惯的讽刺喜剧。他们完全没有意识到自己在出演着喜剧，也没有意识到每次都在错失可以挽回某些事物的机会。

当然我自己也在同样的轨道上徘徊。

正因如此，看到他们以及他们对待进一的态度，就像是看到了被夸大的自己，令我难过。

“明明是自己的父母，为什么，就是不怎么动心呢？”

进一说。

“进一心里肯定有什么既聪明又可怕的东西。”

我说。

“要这么说，那种东西，每个人心里都有吧。”

进一说。

“话虽这么说……”

我说。

“唉，在一切都尘埃落定的时候，我觉得自己对那件事毫无罪恶感挺过分的。”

进一说。

这是他的可贵之处，也是残酷之处。是他从那种父母那儿遗传来的。也是我父母努力试图从他身上减少的。

但进一继续说：

“因为小美有了男朋友，所以我才能放心地说。我很快要当爸爸了，我绝不会成为那样的爸爸。”

“你好有担当啊。”

我笑了。啊，此时自己的笑容好像妈妈，不知为何我有这种感觉。好像在跟妈妈一起笑。

“我没有那么贪得无厌哦。那位，有点笨但是个好人。”

进一说。

“他可不笨啊。”

我说。

“不笨就好。”

进一说。

“进一，你这么说，是一直觉得自己脑子特别好使吧。无论什么，不管怎样都办得到。所以才不被人理解。你有这种想法呢。”

我说。进一想了想，然后慢悠悠地回答：

“嗯，刚才我也说了，我辞掉工作，住到这儿来的时候，也许是有一点这种想法。对任何事都没有罪恶感。每天早上起来，煮一杯好喝的咖啡，边看着窗外边喝。晚上去JUJU吃供应餐。订计划，做准备，独自一人或者跟山友一起去登山，好几次因为危险的差错差点出事故。有时候我真的一个人打心底里想，说不定我就在一个自己决定去的地方，因为自己的失误而死去。”

“你这话，说得还不错嘛。也不是一点反省都没有啊。”

我说。

“我表达不好嘛。就是这个意思。不过，我第一次这么想。觉得那时候是因为做了不适合自己的工作，对那家公司有点过意不去。不应该怪公司不好。”

进一说。

“哦，这样子啊。如果是这样，我能理解。”

我说。

“后来遇到了夕子，就像脑袋突然被击中了一样，对她着了迷。我已经满足了。登山、店铺……包括店里的叔叔阿姨和小美，还有夕子。为了人生中的这三项，今后我什么都愿意做，就是这样。父母呀、世上的事情呀，我都没兴趣，也不想发财和出人头地。其他的兴趣爱好、伙伴女友统统都不需要。我现在已经拥有了所需要的，所以没有烦恼。什么烦恼都消失了。只是，那两个人突然出现，我心脏受不了。虽然他们是我父母，但并不是我的人生，我想坚持这种态度。”

进一说。

“你说的这些，确实，你都已经拥有了。”

我说。

“以前因为不希望自己变成父母那样，所以想去很远很远的地方，一心就只是这么想。因为，那种父母，简直是本末倒置。漫无计划，任何情况下都把自己看得最重要。我是把登山啦、夕子啦、JUJU啦，全都看得一样重要，虽然最后还是得自己做决定，但你们无条件地让我住在这儿，接纳我。

那天，我什么都没干，一边吃着店里的饭一边看漫画，突然间就领悟了。虽然领悟得太晚。

我游手好闲，也不去赚钱。即便如此，这些人还是什么都没说。没有说教。也没有因为收养了我就说希望我继承家业。为了让你继承家业才收养你的，这类话当然绝对不会说。你们只是耐心地等待着。那就是信赖，是我没能从自己家人那里得到的东西。

我一直盯着看叔叔不停地煎汉堡的样子，看阿姨用雪白干净的手把汉堡端上来。因为铁板很沉，阿姨总说膝盖疼、腰疼。就是这一个一个的汉堡积累起来，供我上了大学。我真真切切地明白了这一点。最重要的是，我想要过这样的生活。要在这儿终老一生，要跟美津子结婚。”

进一说。

“不管怎么看，你都没有做到呀。”

他说得太好了，使我边听边要流泪，但因为出现了自己的名字，所以突然插了一句。

“但是，那时候，小美已经走得很远，到了我拉不回来的地方。我觉得我们已经不可能像叔叔阿姨那样了。可能我一下子想得太多了。一旦想得太多，就很难再找回男女之间的平衡了。我们已经分别走进了不同的世界。我心想，也好，既然这样，就算我一个人也要做下去。所以我就去了烹饪学校，不久之后就遇见了夕子。”

进一说。

“我就出生在店里，好像身体的一半已经成了店里的机器人，所以已经跟店铺分不开了。”

我说。

“所以，我们的关系已经变了，现在是共同经营店铺的伙伴。”

进一说。

“那什么，听你这么说，我也放心了。”

“你们女的，就是这样。明明嘴上说的是最靠不住的。”

进一笑了。

我也笑了。

“我啊，有私心呢。因为，要是夕子能健康外出的话，你们俩来经营店铺就可以了，那就不需要我了，所以我心里真的想过，幸好夕子与众不同。”

我一边说着，泪水一边涌了上来，连自己都吃了一惊。

进一始终深深地凝视着我，然后说：

“我不会那样做的。这个店，永远是小美的。我是来帮忙的。”

我擦去眼泪，点了点头。

“能一起到大学里来真好呀，像现在这样。”

我说。

中午一起去吃了关东煮[1]，回来的路上到附近一所国立大学的校园散步。

宫坂看着我的目光，跟进一看着佩罗或夕子时候的一样，没有一丝阴影。

那目光中，完全没有青涩少年的那些念头，比如什么时候拉她的手，怎样才能亲吻她之类，只是一味地觉得我可爱，这种感觉真切地传递过来。

他本来就表情深邃，在户外见到的他更加姿态挺拔，简直就像正骑马而来的真正的白马王子一样。

“你为什么没上大学？”

宫坂问。

“一直觉得进一上了大学，我就应该早点去店里帮忙。我家那时候经济上挺拮据的。不过我还是在学习啊。有意识地读了很多书。”

---

① 关东煮，日语名“おでん”，是一种源自日本关东地区的料理，据说是关西人起的名称。关东煮制作简便，材料可以随时放在汤里煮，吃的时候热气腾腾，因此冬天尤其受欢迎。在日本的便利店或路边摊都很容易买来吃。

我说。

“而且，比起我自己学习，我更想让进一学习。那时候我根本没想过进一不是我们家的孩子，为什么要让他去上学，我父母也完全没这么想过。只有爸爸问我：‘你呢，是不是想上大学？要是想的话就说啊。’但我确实不是客气，而是从心里把进一当成家人了。”

“嗯，我完全理解。”

宫坂说。

宫坂穿的皮夹克，在阳光的照射下反射出雅致的光泽。

“你的夹克，像牛一样，很好看。”

我说。

“牛？”

宫坂一脸惊讶。

“肉牛。”

我笑了。

宫坂眯起眼睛，接着咯咯地笑起来。

男人的肩膀、男人的力量。他前妻为什么无法从这个人身上引导出男性的魅力呢？他是巨大的沉睡的矿脉。我像眺望远山一样注视着他。

我们从未互相说过喜欢，也没有彼此确认过对方是否有恋人。但我们心意相通。我们都知道两人之间某种东西在静静地升温。

那也是我与进一之间没能得以升温的东西，因为我们过于亲近，最后终于失控。因为我们贪婪的、竭尽全力的消耗而消逝了。实际上应该像这样来使它升温。

“下次，开车去千本松牧场怎么样?”

宫坂说，

“去看牛。”

“好呀!”

我说。

“现在我只有书店的小货车。”

宫坂说。

“没问题。不过，那里好像只有奶牛。没有肉牛吧?”

我说，

“小货车的话，还可以拉头牛回来。”

宫坂笑了。

“什么时候能一起去外国的牧场旅游就好了。我喜欢看青草的颜色。”

我很想感触他皮夹克的光泽，便悄悄伸手触摸。轻轻地，没有手挽手。这肌肉是每天从纸箱里搬书而练就的。与健身房里锻炼出来的不同，这是在生活中长成的柔软而结实的肌肉。他绝不依赖打工的人，而是自己一个个地打开箱子，把书上架，调整顺序，掸去灰尘。他不过夜生活，不去消费。唯一的奢侈就是买书，是个真正的书虫。

“我想规划一个出借电子图书的专区。非常期待。”

宫坂说，

“这样的话，就可以尽情打造一个书迷之家。即使只有里边那个区域，也能从其他地方把有鉴赏力的人吸引过来。”

“真棒啊！那么，自己不带电脑也行了？”

“嗯，可以一律百元吧，反正定价要便宜。大家都自己动手，虽然时间很短，但这样一来带着孙子的老奶奶也会来啊。来玩儿iPad。”

“你回书店来真好呀。”

我说。

“是啊。特别，好！以至于都反思自己在那边究竟干什么了。因为我明白了自己喜欢书。”

宫坂说。

“不是摄影吗？”

我说。

“以前倒是想过自己也适合当个照相馆的老板。”

他说，

“现在，几乎一看来书店的人我就会变得柔和起来，被书包围着真高兴。我想把书店改装成博物馆那样有格调的地方。也放一些跟书有关的商品。想做成一个不输给 JUJU 的老街绿洲。我会一直摆着 JUJU 的小广告。”

“我要不要直接去找朝仓世界一先生谈谈看呢，请他允许我用他的插图。抱着妈妈的遗像去。”

我说。

“那有点太过了吧，人家不好拒绝，不太好吧？”

他笑了。

“进一也是，到公司就职以后才明白工作并不适合自己，但能了解这一点还是很强啊。似乎得做过一次不适合自己的工作才能够明白。”

我说。

“小美你呢？”

他问。

“什么？”

我说。

“有没有做过不适合自己的事？”

他说。

我认真地思考了一下。

“也许没有吧。要勉强说的话就是招待客人不如妈妈那么得心应手。”

我说。

“那没什么呀。有很多人都是只要看到小美就觉得幸福呢。”

他说。

“哪儿有这种事呀，妈妈以前是模特，我可比不了她。妈妈年轻时非常干脆直爽，有时候也有点随心所欲，这一点也让人觉得有魅力，店铺就像是妈妈的舞台。我觉得一辈子都不可企及。我这么不起眼。”

我说。

“我是真的这么认为。”

宫坂注视着我说，他的目光无比柔和。

我不好意思了，绊在石头上，抓住了他的手。他如同柔道中的受身①漂亮地顺势一倒，我们正好摔在银杏的落叶上。两人倒卧在偏离小路的杂木林中。

“为什么要倒下呀？”

我问。

“就这样待一会儿。”

我听到宫坂的心脏怦怦跳动的声音。

不知何时，他的脸已离我非常近，我们脸颊相触。他的嘴唇和

---

① 受身，指柔道中的一种倒地法，在被对手摔倒或自己失去平衡时，为减少自身受到的冲击力而采取的一种主动的自我保护的倒地方法。

我的嘴唇如同磁石般彼此吸引，碰到了一起。即使闭着眼睛也仿佛在努力确认，我是否真的身在此处？这世上是否真的有这样一个人？他以干燥硬实的嘴唇的触感在说，无论是谁说什么或做什么，反正非小美不行。

已经无处逃遁了，我有这种感觉。今后的道路现在就已确定。对这个人我会了解更多，无论是令我不快的方面，还是让我更加喜欢的方面。在这附近，我们每天往返于彼此的店铺，今后将一起刻下我们的足迹。

“时间。”

我说，

“再要些时间。”

他默默点头。我们暂时把自己埋在落叶里，紧紧相拥，直到臀部发凉。真想就这样成为树林的一部分，忘掉自己是人类，合为温暖的一体。

我感到他热切渴求的并不是身体，而是存在本身。

我懂得这眼神，男人如醉酒般迷蒙远望的、逐渐脆弱的眼神。

这眼神，与进一见到夕子后的眼神一样。此刻，我是自己，又不是自己。我作为超越了自己的事物支配着他的世界。

我想尽量轻柔地托起他的这种错觉，小心地护送它。

因为我们一定会长久地在一起。

那天晚上，已经快要打烊了，店里只有来吃汉堡的宫坂和大川，所以我和爸爸就像只有家人在场一样，聊着轻井泽的旅行计划。诸如要是能成行，什么时候去，不提早预约的话是不是会很快满员，最好是在进一能带夕子一起去的时间，等等。我们一直在聊这些。这时宫坂突然说：

“差点忘了，去年我在一家旅店预订了两个房间，当时没告诉妻子和家人，就想先订上再说，现在还没取消预订。但今年无论如何都去不成了，所以你们一起去吧。代替我们。”

我们全都回过头去看他。

“原来你能那么大声说话呀。”

进一没头没脑地说，大川笑出声来。

“我完全没想到，人生会有这么大的变化。就照往年那样，预约好了大致相同的日期才回来的。”

宫坂带着惊讶的神情，痛切地说。

我想象着宫坂和前妻、母亲，在榉树和栲树林中的身影。

一如既往的旅行，一如既往令人安心的成员。

我点着头说，明白明白，就是啊。

这种事最让人震惊，也最理所当然。

“两间房，能住几个人?”

我问。

“差不多四个人吧。”

宫坂说。

“宫坂你不去吗?”

我问。

“我就不去了。”

宫坂说。

“去吧，当然钱不能让你付。”

爸爸说，

“你付的话就不让你再来我们店了。”

“什么呀，不对吧。这话应该我来说吧?”

我说。

“那么，你、进一和夕子一起住，我和他住一间。”

爸爸说。

“不可能!”

我说。

“不，这次，我真的不去了。”

宫坂笑了，

“还有太多妈妈的回忆。”

“正是这种时候才应该去嘛。”

爸爸说。

“我得给书皮写字。”

那一瞬间，宫坂浮现出惊喜的神情。他在这里表现出惊喜，令我十分高兴。

“那么，我明年去。大家一起去。这样，明年我就可以堂堂正正地和美津子住在一起。那间房费由我来出。”

宫坂说。

他的成长环境很好，不知道挣钱的辛苦。

也并非如此，而是他能考虑别人。要是进一的父亲也能这样为他考虑，世界就会不同了。在我这么想的同时，感到自己不会放弃对于世界不停变化的期待。

“你们，怎么？要结婚吗？”

爸爸问。

“以结婚为目标在交往。”

宫坂说。

我已经想逃走了。

虽然想要逃离，但依然欣喜。心中稍稍卷起难过的漩涡。这是全人类持续至今的程式，也是职责。所有人都带着只能顺从于此的遗传因子。今后我也会厌烦这个人，会跟他生养孩子，去店铺工作，多么平庸、无聊啊。

但是撇开这些想法，还是有某种喜悦。是那种真正在驾驭自己人生的感觉。

这些感觉混杂在一起，我只能涨红着脸低下头。

“我们家要是没有小美可就开不成店了。”

爸爸虽然这么说着，但还是很开心的样子。

"书店有我和老爸就足够了。而且要是没有你们的店我也不好过呀。"

宫坂说，

"也说不定，将来美津子只在中午的时间过来帮点儿忙，也不是没有可能，但还是要把美津子的健康放在第一位。"

想得美，真是的。

虽然这么想，但我终于可以开心地笑了。

"也不错呀，明天开始都行，中午去书店帮忙。"

爸爸爽快地接过话头说。

"别擅自做主啊。"

我说。

"现在我老爸身体还健康。我们恋爱的事，我会认真跟老爸说，正式地介绍美津子。"

"恋爱的事，我也还不知道呢。"

我说。大川又噗哧一声笑了起来。

尽管妈妈已经不在这个家了，但我们继续创造着新的婴儿和家人，每天上演着相同的家庭连续剧，循环往复。虽然相同，但我已不觉无聊。

宫坂会怎样变化？这也是我想见证的，虽然是未来的事，但下次我是否会在那家妇产医院生下孩子？这是非常重要的关键点。明年一起去轻井泽时，他的心情是会消沉下去还是会燃烧起新的幸福呢？这些都看似可以想象而实则无法想象，这也很有趣，就每天继续观察下去吧。我心想。

“我，还想再自由一段时间。”

宫坂回去时我小声说。

店铺里其他人的说话声和音乐声很吵，我的声音几乎要被淹没了。

“对不起。”

宫坂说。

“到昨天为止，我们的关系还什么都不是啊。而且到店里去的时候也没有互相特意宣告过什么。不过，我们比任何人都看重彼此，好像周围的空间和书本在代替我们诉说，这种感觉非常幸福。有些东西弄清楚了就反而被破坏了。”

我说。

有生以来我第一次在男性面前这样撒娇，连自己都吃了一惊。

“我们尽量低调吧，安安静静地。以蜗牛的速度来。这样的话，人生就会变得很长，我们也可以长久地在一起。”

宫坂说。

温暖至极，我只有莞尔微笑。如同手机上表情图形那般小小的微笑。

宫坂也笑了笑。

“那明天见。”

说着，他消失在夜色中。

他的鞋，他那带有牛皮味道的夹克，已经全都与我有了联系，这些都是有可能跟我一起生活的物品呀，这么一想，也觉得高兴。

这些默默无闻的人们，毫不尊贵，也并非家财万贯，充其量在书刊上略略出现就又会消失。

在城市一隅踽踽而行的那些生命。然而连上帝也不知道那些生命是否渺小。没有人能看到这秘密的宏大，也没有人可以拥有。有多么巨大？有多么辉煌？只允许你盲目地静静拥抱。或许我们其实就是这样一种存在，靠着彼此嫉妒，互拖后腿，耗尽对方的生命来苟延残喘。然而，也有人把赌注押在此类事物之外，虽然这样的人极少但却真实存在。如果看见夕子的宝宝，我一定会满面笑容地逗弄数个小时，我这个样子也许很傻。但是，我热爱生命，一直注视着生命中光明的一面。人们不正是这样持续着走到今天的吗？我边想边仰望着不知是否存在的上帝。

但是，每当我仰望天空时，那里只浮现出妈妈的笑容。

最终，真是我们四个人一起去了轻井泽。

在晚秋时节。

爸爸、我和妊娠反应已经平复的夕子、进一。

一进房间，我就把妈妈的照片放在了相当于客厅位置的大桌子上。我跟妈妈说，虽然并没有真正的血缘关系，但您的小孙子也一起来了呢，很开心吧。

地球上的人小声倾诉的声音，犹如潜水时升腾的小小气泡般熠熠闪亮，它们都能到达天国的人们那里吧。我仿佛看见，世界各地的人们都像我一样窃窃私语，发送着美丽的气泡。

我们全体参加了妈妈曾经想去的鼯鼠之旅。我们踏着沙沙作响的落叶，漫步在夕阳西下时的红叶森林中。

一想到宫坂肯定跟前妻走过这里，我心里就乱糟糟的。

只不过刚刚有过接吻就已订下了婚约，虽然我为这不可思议的发展而兴奋不已，但现实依然残留着活生生的记忆。要是能把轻井泽从他的头脑中清除掉就好了。他们曾经在优美如斯的场所共同生活，留下回忆，这着实令我懊恼。

夕子穿着极不适合她的巴塔哥尼亚羊毛大衣走在林间，由于太不协调，每次看到她都会使我惊异地从晦暗的思绪中醒来。

“我的衣服，有那么扎眼吗？”

夕子说，

“有生以来第一次穿牛仔裤，不过肚子再大就穿不了了。”

“非常惹眼。夕子在林子里就像《坐立不安》①里的主人公，总让我想到恐怖电影。好像马上就要发生灵异现象或者凶杀案。”

我由衷地说。

---

① 《坐立不安》(*Suspiria*)，意大利导演达里欧·阿简托(Dario Argento)的著名恐怖电影，又译《阴风阵阵》。达里欧是世界著名的悬疑电影大师，1944 年生于意大利，父亲是电影公司的董事。他擅长制作充满悬念的恐怖片，片中经常带有超现实的荒诞成分。

“多健康的户外休闲服啊。”

夕子微笑着，

“不过这儿空气真好。清凉的感觉和落叶的香气都吸到肺里来了。”

夕子如此充满朝气，虽然一条腿略微拖在地面，但她的动作显得十分美丽。她更适合融入自然而非城市。

我们按照专业指导员的指示，尽量不惊动鼯鼠，在落叶中架起望远镜一动不动地等待着。我心想，妈妈就是想来这儿呀。真可爱啊，妈妈甚至比鼯鼠还要可爱。

鼯鼠的巢穴清晰地映在镜头里。

母子三只抱成一团取暖，正呼呼大睡。

我正想着，不管什么生物都同样地渴望依偎在一起呀。这时，鼯鼠依次从巢穴中出来，在薄暮中大大地伸展开四肢，飞走了。

它们有坐垫那么大，我很吃惊，说，一直以为比这小不少呢。进一小声说，你呀，根本没好好听讲吧？小美想的应该是飞鼠吧？

即便在这山脚下，但只要是在山里他就充满了生气。迄今为止他在各种不同的山里驰骋着怎样的思绪呢？

妈妈不在这里，可是爸爸就像和妈妈同在时一样平静。也许这是实现了某种夙愿后的心情吧。进一和夕子手拉着手，望着鼯鼠消失的方向。我觉得他们也会像鼯鼠那样，去创造家庭。晚上在巢穴中一起入眠。

我在心里拥抱着那些一度失去的家……本应与进一组成的家、如今已没有妈妈的家……更远一些，包括进一在彻底的失望中放弃的家，他们全都模糊而凌乱地出现在我心里，虽然还需要很长时间，但我想要慢慢去建造自己的家庭。

无论这世上时光流转的速度有多么快，都不要被卷入其中，要切实地度过眼前的每一天，一点一点地，对，就如他所言，像蜗牛那样。

每天在同一时间起来，飞向树木和森林，觅食吃饭，再回到巢穴，沉沉酣睡，就像这鼯鼠一样，要在周而复始中发现充满生机的美。只把内心，磨炼到连九泉之下妈妈的声音都能够真切地听到。

下周又会把嘶嘶作响的铁板端向某位客人。

偶尔也会有人不再喜欢我家的食物，会有令人厌恶的人，进一的父母也会再来。即便如此，我依然要继续前行。

直到那一天真的来临，直到身体无法动弹。

初次跟夕子一起泡澡(因为她连门都不出，根本不可能一起旅行)有点紧张，但又不能让孕妇独自一人泡温泉，所以必须认真陪伴，不离视线。

进入到灯光昏暗的冥想温泉，夕子更加像个幽灵。她腹中怀着胎儿，我则想早日看到婴儿。

每次我一感到也许自己脑子不好使，妈妈就会出现在心里，笑着对我说，没有那种事哦。是啊，我唯有期待。婴儿是全新的，双手纤小，哭泣时变成粉色，总之是无比可爱的生命体。

在一片漆黑中可以朦胧地看到夕子白色的裸体，像是在做梦。水中悠悠浮动的阴毛被灯光照着。尚未隆起的腹部雪白而柔软。

刚才看到的，并不是梦。

在通向冥想温泉的黑暗的走廊里，我跟在夕子后边，夕子毫不羞怯，大大方方地任我看到她，她的后背有一道纵向的直线，像是巨大的刀疤。

“我是武士，却让你看到了后背。”

一下子，我没明白她在说什么。

“夕子，到底，发生了什么？为什么……那个，是手术的疤痕吗？”

裸身的我比正常情况下更加惊慌失措。

“别问。”

夕子说。

我点点头，沉默了。

有过什么事吧？发生了什么？……这个声音一直在我脑海中回响，吵得我流出了眼泪。

“其实，在我小时候，有一次，被人砍了一刀，狠狠的一刀。差点死了。”

夕子说。

“这么黑黢黢的地方，别说这种事了，太可怕了。”

我说。

“所以，对汉堡和牛排，我有共鸣。”

夕子说，

“因为我体验到了那种瞬间，从生命变成肉的瞬间。”

她的眼神传递出，她所言是真。

我，沉默着。几乎想要刨根问底。

接着，我从心底为自己感到羞愧。因为不知为何我有些恐惧，开始想，不要再跟肉打交道了，妈妈一直做的事情就权当不存在，彻底忘掉，从炒地皮的人那里拿一笔钱，以此作为嫁妆去结婚，那该有多轻松啊。

不，如果是莎乐美，会从一开始就说：“有钱能使鬼推磨，跟喜欢的人一起赚钱有什么不好?”话虽如此，我还是会继续端牛排吧，跟伙伴们一起。

想什么是自由的，不做什么也是自由的……我那热血上涌的脑袋茫然地考虑着。

“你这么丰满的乳房进一也抚摸过吗?”

夕子突然说，她摸了摸我的胸。

“不，不是这样的，你放心。那时我们还是孩子。”

我说。

“那样啊，好可惜。”

夕子把手拿开，开心地笑着。那笑容表里如一，呵呵的声音呼之欲出。

我突然想，迄今为止有过如此亲密相处的人吗？

在漆黑的温泉里，被有刀疤的幽灵般的女子揉摸着乳房，我心想，再没有比这更美好的事了。

“要是你头晕，胎儿也会头晕的，差不多该出去了吧。”

“已经很久没出门了，让我再待一会儿。”

“那，我陪你。”

我说，

“旅行回去以后也一样，如果要外出，随时告诉我。我随时都陪你一起去。要是觉得害怕，就随时到店里来吧。从傍晚开始，我都在。”

夕子在幽暗之中，愉快地微笑着。

回房间时，爸爸已经睡了。我又看了看书，写了几封邮件，想再去一次温泉，就在黑暗中向外面走去。

非常安静，只有星星在闪烁。

快到桥头时，我看见进一正注视着河流。

“夕子呢?”

我问。

“睡了，我想泡温泉。看见这条河很美，就在这儿看看。不过这地方模糊昏暗，有点像黄泉之国呀。”

进一说。

是啊，太黑了，以至于怀疑自己是不是已经死掉了。

于是，不知不觉中我感到，无论是小进，还是没能生下小进的孩子这些事，全部都自然地抹平了。

也许这是因为，我意识到了时间之流与河水之流的氛围太过相像吧。空气凛冽而清新。

“山田峰子①的最终战争系列，你还记得吗?”

进一说。

“太着迷了，为了不停地收集绝版书把我的零用钱都花光了。”

---

① 日文名山田ミネコ，台湾的一些出版社译为“山田美根子”。

我笑了。

“那里面，有个夺走人们希望的……她有美女的外形，是叫提婆达多吧？有这么个人物。还有个被她附体的人叫做唱。一开始我觉得夕子就像她。把我引诱到不祥的、黑暗的地方，让我无法逃脱，她就是这样的人。”

进一说。

“嗯，我好像能明白你说的。她的外表，她的魔力，都是。”

我背出了记住的一节。那些词句沿着漆黑的河水顺流而下。

晴朗的日子能望见远山

那人以这种语调说：“想死一回试试。”

他说得心荡神驰

我憧憬的是生命

不应该憧憬死亡

我无法如此说服那个人

所以至少让他看到我憧憬的事物

“真令人怀念!”

进一说。

过去，我们在炉子前边一言不发地一口气读完这个系列，那年轻的岁月一去不复返了。但正因为有了那段岁月，如今我们才能如此默契地经营店铺。

小进真正渴望的，一直都是真正的母亲，我把这句话咽进了肚里。无论是妈妈还是我，抑或是夕子，都绝对无法成为他母亲，他再也无法得到。

若是那位美丽的母亲，能珍爱进一，来领回进一，再不松开牵着他的手，那该是多么美好。

人真是很悲哀，一直这样被愚蠢的错误束缚着做梦。

而那梦想归根结底全部都是家畜的梦想。

某一天离世而去的时候，我们的梦想会像汉堡和牛排一样被吞食并消逝。

但是，即便如此也无妨，在美味的汉堡里有着谁都无法触摸的奇迹空间。

正如人类不懂牛的灵魂，吞食人类力量的事物，也绝对不会得到那些奇迹。被尊严所包围的奇迹的力量，亦即最后的光辉。

同样道理，人类借助食肉以求从牛的身上获得力量，但人类并没有通过吃而真正获得他们想要的这种力量。

牛身上所具有的真正的闪光、生命的精华，已经从死去的肉中消失了。但即便是那仅存的微弱力量的气息，人们也依然想要得到，所以为此而吃肉。

我不可能活到能看到不吃亦可的时代来临的那一天，因此至少现在要用心地站在店里。为了让客人们带着哪怕一点点的幸福吃饭。

吃掉生命，或是生命被吃掉，每当想到这个过程中隐藏着绝对的力量时，我就有了某种领悟。是的，所谓生命，即是吃与被吃。

“可是，其实不是这样。我很失礼地误会了她。”

进一说。我回过神来。

“她，原来是人啊。透明、美丽，虽然有点怪，但她是活生生的人。夜里她总是问我，已经睡着了吗？睡着了吗？我迷迷糊糊地没有回答，她就会说，别睡啊，妈妈。每次都这样。然后就开始哭，在黑暗中抽抽噎噎地哭。她的过去，肯定发生过什么事吧？因为她不愿说，所以我也不知道。不过，一想到她是人，我就难以自持。无论夕子和孩子多么地与众不同，我都要一直守护他们。”

“嗯，这样很好。”

我说，

“夕子周围的花很不容易枯萎呢。我知道。夕子把花插在花瓶里，每天跟它们说话，亲吻它们，勤换水的话，花能持续很久。我觉得生命力在花与夕子之间精彩地循环。她是很会照顾人的人。一定能把婴儿养育得很好。”

我仿佛能够看见。

看见在前世与眼镜蛇交换着生命的缅甸人夕子。

看见她爱眼镜蛇，照顾它，她一边想着哪怕此刻死去也要包容它，一边与它亲吻而死，我看见那个可怜而又可爱的女孩。

好的，咬吧。即使被咬死也喜欢你。因为我只有你。

翌日清晨依然是个美丽的晴天。进一和夕子在旅店附近悠闲享受，我和爸爸便开着租来的车，到浅间山去兜风。

爸爸明显地恢复了精神。

一扫阴霾的样子。

刚出旅店，我们马上就注意到了那家店。是卖牛排和汉堡的店。

好像顾客盈门，停车场里停满了车。

爸爸扫了那儿一眼，一边左转一边干脆地说：

“今晚，雏坛日餐店的预约，能取消吗？”

“可以呀，为什么？”

我说。

“那边的，叫牛仔还是什么的店，想去看看。想知道他们的味道。”

爸爸说。完全跟以往精力旺盛时候的爸爸一样强大有力。

好呀，爸爸，当然啦，爸爸。既然到了这儿我们肯定得去看看啊。

虽然我很平常地回答，但不知为何已热泪盈眶，被染成红、黄颜色的美丽森林也变得模糊，飞逝而去。

后　记

过去，Prince[1]在脸上写着“SLAVE”的时候，我以为是某种玩笑或过分的讽刺。但是最近才真正明白了，那是认真的、真实的，那是说，我们的自由在所有意义上都是奴隶的自由。

卡斯塔尼达[2]也这么说过，很多人已经注意到了这一点。

我并不是主张“所以要革命”，而是想通过将其置换成故事，描绘奴隶的自由的无限可能性。

人类离不开大地，带着身体的各种局限，竭尽全力地生存到寿终。我觉得这十分空虚，却又非常精彩。

以前在我极为消沉的日子里，我就像作品中的人物那样要每天读着《地狱的莎乐美小姐》才能最终入睡。

我发自内心地把这本小说献给朝仓世界一先生，同时也奉上我的感谢。他在不断地描绘那种自由，描绘心灵的飞翔。

感谢陪伴我采访和写作的森正明先生、丹羽健介先生，以及一直为我做出色设计的大久保明子女士。

也感谢星野屋轻井泽。

永远感谢芭娜娜事务所的所有同仁。

就像我从莎乐美小姐那里得到休憩一样，我希望这个作品给街市中的普通人，给读者带来心灵的疗愈。

---

① 王子(Prince Rogers Nelson)，美国著名歌手、词曲作家、演员。以全面的音乐才能、华丽的服装及舞台表演、胆大敢为、性格古怪著称。

② 卡洛斯·卡斯塔尼达(Carlos Castaneda)，秘鲁裔美国作家和人类学家，著有“唐望书系”，书中记载了他拜印第安人萨满巫师唐望(Don Juan)为师的经历，但唐望的真实性曾被多名学者质疑。

图书在版编目(CIP)数据

莎乐美汉堡店/(日)吉本芭娜娜著;周阅译.
—上海:上海译文出版社,2016.7
ISBN 978-7-5327-7143-1

Ⅰ.①莎… Ⅱ.①吉… ②周… Ⅲ.①长篇小说—日本—现代 Ⅳ.①I313.45

中国版本图书馆 CIP 数据核字(2015)第 302317 号

莎乐美汉堡店
[日]吉本芭娜娜 / 著 周阅 / 译
责任编辑 / 姚东敏 装帧设计 / 任凌云

上海世纪出版股份有限公司
译文出版社出版
网址:www.yiwen.com.cn
上海世纪出版股份有限公司发行中心发行
200001 上海福建中路 193 号 www.ewen.co
上海景条印刷有限公司印刷

开本 890×1240 1/32 印张 4.5 插页 2 字数 45,000
2016 年 7 月第 1 版 2016 年 7 月第 1 次印刷
印数:0,001—5,000 册

ISBN 978-7-5327-7143-1/I·4329
定价:32.00 元